# LES AVENTURES DE ALICE AU PAYS DES MERVEILLES

Texte intégral - *Lewis Carroll*

Traduction - *Martine Céleste Desoille*

Illustrations - *François Amoretti*

Soleil
Blackberry

# PRÉFACE

Quand la Reine Victoria découvrit *Les Aventures d'Alice au Pays des Merveilles* en 1865, sa lecture l'enchanta tant qu'elle demanda qu'on lui procure le prochain ouvrage de l'auteur. Le *Traité élémentaire des Déterminants* de Charles Lutwidge Dodgson, qui lui fut aussitôt apporté, suscita quelque peu sa perplexité. C'était pourtant la véritable identité du fantaisiste Lewis Carroll.

Comme à travers un miroir, se trouvaient un Docteur Dodgson et un Mister Carroll. Le révérend Dodgson était un professeur ennuyeux, lointainement bégayant, gaucher de naissance (était-ce la raison de son obsession pour le renversement ?). Tandis que l'écrivain Carroll se voulait un poète à l'imaginaire tonitruant, qui murmurait des contes à l'oreille des petites filles, lors de balades en canots…

Sinistre mathématicien, méprisé au sein des murs d'Oxford, le révérend ne s'appropria jamais le costume excentrique de Carroll. Sa célébrité aurait pourtant pu le lui permettre, mais, engoncé qu'il était dans ses complexes, aucune de ses deux personnalités ne trouva jamais grâce à ses yeux. À la fin de sa vie, il renvoyait même, sans les avoir ouvertes, les lettres adressées à Lewis Caroll en y inscrivant la mention « unknown ».

L'histoire d'Alice trouve ses marques en 1856, quelques jours après que Dodgson ait acheté son premier appareil photographique. Il se rend alors dans le jardin du doyen Liddell pour réaliser quelques clichés de la cathédrale. Trois fillettes y sont occupées à jouer, dont Alice Liddell, six ans, sa muse en devenir.

Quatre ans plus tard, une promenade sur l'Isis, une journée d'été, une fable improvisée au creux d'une oreille juvénile… Alice souhaite qu'il lui écrive l'histoire qu'il vient de lui conter. Charles Dodgson rédige *Les Aventures d'Alice sous Terre*, un manuscrit calligraphié et illustré qu'il offre à son inspiratrice en 1864.

Mais une fois l'enfant tombée dans le terrier, le voyage ne s'arrête pas là. Dodgson met au point une seconde version, *Les Aventures d'Alice au Pays des Merveilles*, destinée à un lectorat plus large. Il charge John Tenniel d'illustrer son ouvrage. Les descriptions sont minutieuses et la collaboration ne se fait pas sans heurts. Dodgson a des idées précises, butées, presque. Il harcèle son dessinateur jusqu'à obtenir la reproduction exacte de son imaginaire. Pourquoi demanda-t-il une Alice blonde ? La question planera indéfiniment dans les mystères du Pays des Fous, la petite Liddell était pourtant brune…

Un siècle et demi plus tard, Martine Céleste Desoille réalise une nouvelle traduction et François Amoretti se lance la gageure d'illustrer le chef-d'œuvre le plus lu d'outre-Manche, après la Bible. À l'instar de Carroll, Amoretti éprouve une grande curiosité pour l'imaginaire sucré des jeunes filles. Peintre iconique des lolitas japonaises (mouvement de jeunes femmes s'habillant qui en princesse, qui en poupée), Amoretti nous livre ici une version lolita d'Alice, tout à la plume et au pinceau. Une méthode de travail qui n'est pas sans rappeler celle de John Tenniel, et un imaginaire renouvelé sans trahison, pour un hommage aquarellé à Dodgson-Carroll, le génie double-face jamais réconcilié…

Audrey Alwett

All in the golden afternoon
Full leisurely we glide ;
For both our oars, with little skill,
By little arms are plied,
While little hands make vain pretence
Our wanderings to guide.

Ah, cruel Three ! In such an hour
Beneath such dreamy weather,
To beg a tale of breath to weak
To stir the tiniest feather !
Yet what can one poor voice avail
Against three tongues together ?

Imperious Prima flashes forth
Her edict «to begin it» –
In gentler tone Secunda hopes
«There will be nonsense in it !» –
While Tertia interrupts the tale
Not *more* than once a minute.

Anon, to sudden silence won,
In fancy they pursue
The dream-child moving through a land
Of wonders wild and new,
In friendly chat with bird or beast –
And half believe it true.

And ever, as the
story drained
The wells of
fancy dry,
And faintly strove
that weary one
To put the subject by,
«The rest next time –»
«It *is* next time !»
The happy voices cry.

Thus grew the tale of Wonderland :
Thus slowly, one by one,
Its quaint events were hammered out –
And now the tale is done,
And home we steer, a merry crew,
Beneath the setting sun.

Alice ! a childish story take,
And, with a gentle hand,
Lay it where Childhood's dreams are twined
In Memory's mystic band,
Like pilgrim's wither's wreath of flowers
Pluck'd in a far-off land.

# CHAPITRE I

## *Dans le terrier du Lapin*

Alice était lasse de n'avoir rien à faire pour s'occuper. Elle avait bien essayé une fois ou deux de mettre le nez dans le livre que lisait sa sœur, assise sur le talus à côté d'elle, mais il ne comportait ni images ni conversations. Or, pensait-elle « quel intérêt pouvait bien avoir un livre sans images ni conversations ? »
Elle était donc en train de se demander (sans grande conviction du reste, car la chaleur la rendait somnolente et lui embrumait l'esprit) si le plaisir de tresser une couronne de pâquerettes mériterait l'effort de se lever pour aller cueillir des fleurs quand, tout à coup, un Lapin Blanc aux yeux roses passa devant elle en courant.

La chose en soi n'ayant rien de très remarquable, Alice ne fut guère surprise de l'entendre s'exclamer : « Oh, bigre, bigre ! Je vais être en retard ! » Mais, lorsque le Lapin sortit une montre de sa poche de gilet, la consulta et se mit à détaler de plus belle, Alice bondit sur ses pieds, car l'idée lui traversa soudain l'esprit qu'elle n'avait encore jamais vu un lapin vêtu d'un gilet tirer une montre de son gousset. Sa curiosité piquée à vif, elle s'élança à sa suite à travers champs et, par chance, arriva juste à temps pour le voir disparaître dans un large terrier creusé sous la haie.
L'instant d'après, Alice s'y engouffrait à son tour sans même chercher à savoir comment diable elle allait faire pour en ressortir.
Elle commença à longer le terrier creusé à l'horizontal et qui formait une sorte de tunnel, quand, brusquement, le terrain se mit à détaler en une pente abrupte. Avant même qu'elle ait pu faire quoi que ce soit pour se rattraper, elle se sentit tomber dans un puits très profond.
Soit que le puits fût très profond, soit qu'elle tombât très lentement, toujours est-il qu'Alice avait tout loisir de regarder autour d'elle. Se demandant ce qui allait se passer ensuite, elle essaya de regarder vers le bas afin de voir où elle allait atterrir, mais il faisait si noir qu'on n'y voyait goutte. Elle décida alors d'examiner les parois du puits et constata que celles-ci étaient couvertes de placards et d'étagères ; çà et là, on distinguait une carte de géographie ou une gravure suspendue à un clou. Au passage, elle saisit un bocal sur une étagère, portant l'étiquette *CONFITURE D'ORANGE*, mais malheureusement il était vide. N'osant pas le jeter, de crainte d'assommer quelqu'un qui se serait trouvé dessous, elle prit la peine de le ranger dans l'un des placards devant lesquels elle passait en tombant.

« Ma foi, se dit-elle, après une chute comme celle-là, je ne craindrai plus de me casser la figure dans l'escalier ! Comme ils vont me trouver courageuse, à la maison ! Si je dégringole du haut du toit (éventualité qui n'était d'ailleurs pas exclue) je ne me plaindrai même pas ! »
Et elle tombait, tombait, tombait toujours. Cette chute n'allait donc jamais finir ! « Je me demande combien de kilomètres j'ai déjà parcourus ? supputa-t-elle à voix haute. Je ne dois pas être loin du centre de la Terre. C'est-à-dire, si mes calculs sont exacts, à environ sept mille kilomètres… »

(car voyez-vous, Alice avait appris ce genre de chose en classe, et même si le moment n'était pas particulièrement bien choisi pour étaler sa science, dès lors qu'il n'y avait personne pour l'écouter, elle n'était pas mécontente de pouvoir réviser ses leçons.) « … oui, ça doit faire à peu près ça – mais à quelle latitude ou longitude suis-je arrivée ? » s'interrogea Alice, qui n'aimait rien tant que prononcer des mots savants bien qu'elle n'eût pas la moindre idée de ce que signifiait latitude ou longitude.
Puis, elle reprit : « Peut-être suis-je en train de traverser la Terre de part en part ! Quelle drôle d'impression d'émerger parmi des gens qui marchent avec la tête en bas ! Les Antipattes, je crois… (cette fois, elle était soulagée qu'il n'y ait personne pour l'écouter, car elle n'était pas du tout certaine qu'il s'agissait du terme consacré… ) Naturellement, il va falloir que je leur demande le nom de leur pays. Pardon, Madame, sommes-nous en Nouvelle-Zélande ou en Australie ? » dit-elle en tentant d'exécuter une petite courbette (essayez donc d'en faire autant en dégringolant dans le vide !) « Et la dame va penser que je suis d'une ignorance crasse ! Non, mieux vaut se taire : avec un peu de chance, je verrai le nom écrit quelque part. »

Et elle tombait, tombait, tombait sans fin. Et comme elle n'avait rien d'autre à faire, elle se remit bientôt à parler. « Je vais beaucoup manquer à Dînette ce soir, c'est certain ! (Dînette était sa chatte.) J'espère que quelqu'un va penser à lui donner sa soucoupe de lait à quatre heures. Chère Dînette ! J'aimerais tellement que tu sois ici avec moi ! Il n'y a pas de souris dans les airs, mais tu pourrais attraper une chauve-souris, ce qui n'est, au fond, pas très différent. Mais les chats chassent-ils la chauve-souris ? » À cet instant, Alice se mit à somnoler et continua à se demander comme dans un rêve : « Les chats chassent-ils la chauve-souris ? Les chats chassent-ils la chauve-souris ? » et parfois : « Les chauves-souris chassent-elles le chat ? » Car étant incapable de répondre à l'une ou l'autre question, peu importait dans quel sens on la posait. Elle était en train de sombrer dans le sommeil et rêvait qu'elle se promenait main dans la main avec Dînette et lui demandait le plus sérieusement du monde : « Allons, Dînette, dis-moi la vérité : as-tu déjà mangé une chauve-souris ? » quand boum badaboum ! elle se retrouva sur un tas de brindilles et de feuilles mortes. La chute avait pris fin.

Alice était indemne. Elle se remit aussitôt sur ses pieds et porta son regard vers le haut, mais il faisait noir comme dans un four. Devant elle s'étirait un long couloir dans lequel continuait de détaler le Lapin Blanc. Sans perdre un instant, elle s'élança à sa suite. Juste au moment où il prenait un virage, elle l'entendit marmonner : « Par mes oreilles et mes moustaches, il se fait bigrement tard ! » Elle courut de plus belle et était à deux doigts de le rattraper, mais lorsqu'elle émergea à son tour du virage, le Lapin avait disparu. Elle se trouvait à présent dans une longue salle basse éclairée par une rangée de lampes suspendues au plafond.

Il y avait des portes tout autour de la salle, mais toutes étaient verrouillées ; et lorsque Alice eut tenté sans succès d'ouvrir chacune d'elles, elle s'en revint dépitée au milieu de la pièce, en se demandant comment elle allait pouvoir en sortir.
Soudain, elle se trouva devant un petit guéridon en verre massif. Voyant qu'il n'y avait rien dessus hormis une petite clé en or, sa première pensée

fut qu'elle devait servir à ouvrir l'une des portes ; mais soit que les serrures aient été trop grandes, soit que la clé ait été trop petite, Alice ne parvint à en ouvrir aucune. Cependant, lorsqu'elle fit un second tour d'inspection, elle avisa une tenture qu'elle n'avait pas remarquée la première fois et derrière laquelle se cachait une petite porte à peine haute d'un demi-mètre. Elle introduisit la clé dans la serrure et, à sa grande joie, constata qu'elle tournait sans effort !

La porte donnait sur un étroit corridor à peine plus large qu'un trou à rat, et Alice dut s'agenouiller pour jeter un coup d'œil à l'intérieur. Tout au fond, elle aperçut le plus ravissant des jardins dont on pût rêver. Si seulement elle avait pu se faufiler par ce trou obscur pour sortir flâner parmi ces parterres de fleurs aux couleurs éclatantes et ces fontaines d'eau fraîche ! Malheureusement, elle ne pouvait même pas passer la tête à travers l'ouverture. « Et quand bien même je pourrais y passer la tête, songea la pauvre Alice, si mes épaules ne suivent pas, je ne serai guère avancée. Comme j'aimerais pouvoir me replier sur moi-même comme un télescope ! Mais peut-être le pourrais-je si je savais par où commencer. » Car, voyez-vous, il s'était passé une telle quantité d'événements abracadabrants ces derniers temps, qu'Alice en était venue à se dire que rien ou presque n'était impossible.

Songeant qu'il était vain de rester à se morfondre devant la petite porte, elle s'en retourna vers le guéridon avec le vague espoir d'y trouver, sinon une autre clé, du moins une brochure indiquant la marche à suivre pour pouvoir se replier sur soi-même comme un télescope. Mais cette fois, elle y trouva une petite fiole (qui n'y était pas tout à l'heure, songea Alice). Le goulot portait une étiquette avec la mention : *BUVEZ-MOI* inscrite en toutes lettres.

C'était bien beau d'ordonner « Buvez-moi », mais Alice, en fillette avisée, n'était nullement pressée d'obtempérer. « Je vais d'abord m'assurer que la mention poison ne figure nulle part », déclara-t-elle ; car elle avait lu quelques charmantes petites histoires où il était question d'enfants qui

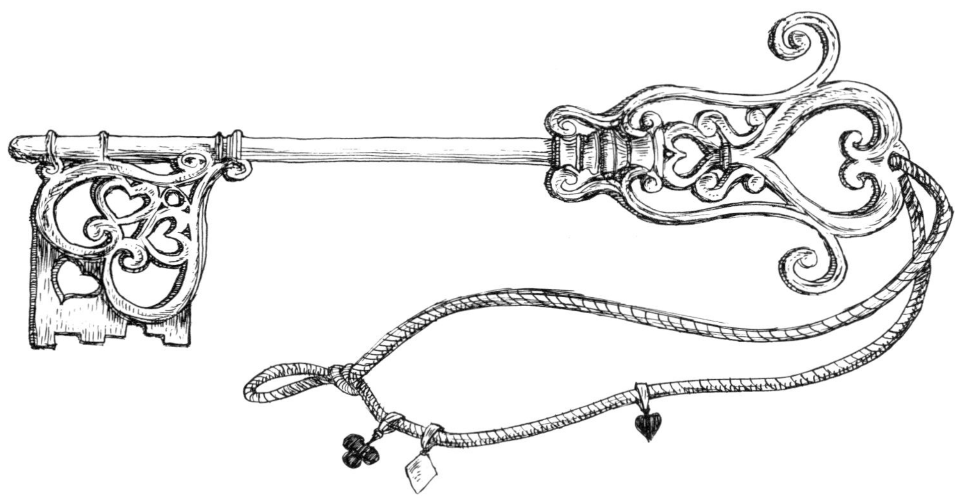

s'étaient brûlés, avaient été dévorés par des bêtes sauvages ou connu toutes sortes de mésaventures simplement parce qu'ils n'avaient pas retenu les leçons que leurs amis leur avaient enseignées comme : ne jamais saisir un tisonnier chauffé à blanc à pleine main ; en cas de coupure profonde, un doigt se mettra à saigner. Alice, quant à elle, n'avait jamais oublié que le contenu d'une bouteille portant la mention poison risquait tôt ou tard de vous jouer des tours.

Cependant, le mot poison n'étant inscrit nulle part, Alice décida d'en prendre une gorgée, et, trouvant le breuvage délicieux (il avait à la fois un goût de la tarte à la cerise, de crème anglaise, d'ananas, de dinde rôtie, de caramel et de pain grillé beurré), l'engloutit d'un trait jusqu'à la dernière goutte. « Comme c'est étrange ! constata-t-elle. On dirait que je rentre en moi-même comme un télescope. »
Et, en effet, elle ne mesurait désormais plus qu'une vingtaine de centimètres. Son visage s'éclaira à la pensée qu'elle avait à présent la taille requise pour pouvoir franchir la petite porte qui menait au ravissant jardin. Néanmoins, elle décida d'attendre quelques minutes pour voir si elle continuait de rétrécir. « Car si jamais cela se produisait, songea-t-elle inquiète, je risque fort de me mettre à fondre comme une chandelle. Et qu'adviendra-t-il de moi, alors ? » Sur ce, elle essaya de se représenter à quoi ressemblait la flamme d'une bougie lorsque la bougie était éteinte, car elle n'avait pas souvenance d'avoir jamais vu semblable phénomène.

Au bout d'un moment, voyant qu'il ne se passait plus rien, elle décida de sortir dans le jardin. Mais, pauvre Alice ! une fois devant la porte, elle se souvint qu'elle avait oublié la petite clé en or. Et lorsqu'elle s'en retourna la chercher sur la table, elle comprit qu'elle ne pourrait pas l'atteindre. Elle la voyait on ne peut plus distinctement à travers le plateau de verre du guéridon, mais lorsqu'elle tenta d'escalader le pied de la table, elle glissa, car il était trop lisse. Au bout d'un moment, à bout de forces, la pauvre petite s'assit par terre et se mit à pleurer.

« Allons, rien ne sert de pleurer ainsi ! » se sermonna-t-elle sans ménagement. « Tu ferais mieux de t'arrêter sur-le-champ ! » Elle se donnait généralement d'excellents conseils (qu'elle ne suivait d'ailleurs que rarement), et se tançait parfois si vertement qu'elle en avait les larmes aux yeux ; et une fois même, elle avait essayé de se gifler après avoir triché à une partie de croquet qu'elle disputait contre elle-même, car cette surprenante enfant n'aimait rien tant que faire semblant d'être deux personnes à la fois ! « Mais à quoi bon faire semblant d'être d'eux, songea la malheureuse Alice, alors qu'il ne reste pratiquement rien de moi ! »

Peu après, son regard tomba sur une petite boîte de verre qui reposait sous la table : elle l'ouvrit et y trouva un minuscule gâteau sur lequel les mots *MANGEZ-MOI* étaient joliment écrits avec des raisins secs. « Eh bien, je vais le manger, décida Alice, car s'il me fait grandir je pourrai attraper la clé et s'il me fait rapetisser, je pourrai me faufiler sous la porte. D'une façon comme d'une autre, j'accéderai au jardin, et, ma foi, la fin justifie les moyens ! »

Elle en prit une bouchée, une main posée sur sa tête pour voir si elle grandissait ou rapetissait, tout en se demandant avec anxiété : « Dans quel sens ? Dans quel sens ? ». Mais, à sa grande surprise, elle constata qu'elle ne changeait pas de taille : ce qui est généralement le cas quand on mange un gâteau, mais Alice avait tellement pris l'habitude de voir se produire des choses hors du commun, que le cours ordinaire des événements lui semblait désormais terriblement terne et stupide.

De sorte qu'elle s'empressa d'avaler le gâteau jusqu'à la dernière miette.

# Chapitre II

## *La mare aux larmes*

« Curieux ménophène ! » s'écria Alice (tellement stupéfaite qu'elle en perdait son latin). « Voilà que je suis en train de me déployer comme le plus grand télescope ayant jamais existé ! Adieu mes pieds ! (Car lorsqu'elle baissa les yeux vers ses pieds, ils lui semblèrent presque avoir disparu tant ils étaient éloignés) . Pauvres petits petons, qui va se charger désormais de vous enfiler bas et souliers ? Certainement pas moi ! Car je serai beaucoup trop loin pour pouvoir m'occuper de vous : il va falloir que vous vous débrouilliez tout seuls. Non, se ravisa Alice, je dois me montrer généreuse, sans quoi ils refuseront de me porter là où je veux aller ! Voyons un peu : et si je leur offrais une nouvelle paire de bottines à chaque Noël ? »

Elle réfléchit alors à la façon dont elle allait s'y prendre. « Je vais devoir faire appel à un livreur ; envoyer des cadeaux à ses propres pieds, voilà qui ne manque pas de sel ! Et l'adresse !

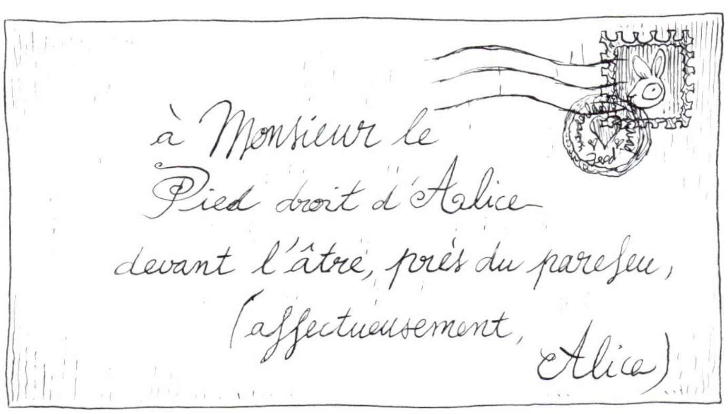


Ah, mazette, quelles âneries que tout ceci ! »
Au même instant, sa tête heurta le plafond : elle mesurait à présent plus de deux mètres soixante-quinze de haut. S'emparant prestement de la petite clé en or, elle courut jusqu'à la porte du jardin.

Pauvre Alice ! Tout ce qu'elle put faire fut de s'allonger sur le flanc pour pouvoir regarder le jardin d'un œil. Mais quant à passer de l'autre côté, il ne fallait pas y compter. Découragée, elle s'assit par terre et se remit à pleurer.
« Tu devrais avoir honte, se tança Alice, une grande fille comme toi (c'était le cas de le dire). Arrête de pleurer immédiatement, tu m'entends ! » Mais elle ne pouvait s'en empêcher et continua de verser une telle quantité de larmes qu'une grande mare se forma autour d'elle, profonde d'environ dix centimètres et qui s'étalait jusqu'au milieu de la pièce.

Au bout d'un moment, elle entendit un petit bruit de pas dans la distance, et essuya promptement ses yeux pour voir qui arrivait. C'était le Lapin Blanc qui s'en revenait, tiré à quatre épingles, une paire de gants blancs dans une main et un large éventail dans l'autre. Il trottinait en hâte, tout en marmonnant : « Oh ! La Duchesse, la Duchesse ! Oh, elle va m'étriper si je la fais attendre ! » Alice était tellement désespérée qu'elle était prête à demander de l'aide au premier venu ; aussi, quand le Lapin se rapprocha, elle lui glissa d'une petite

voix timide : « S'il vous plaît, monsieur... »
Le Lapin sursauta violemment, lâcha ses gants de chevreau et son éventail, puis partit à fond de train se perdre dans l'obscurité.

Alice ramassa l'éventail et les gants, et, comme il faisait très chaud dans la pièce, elle se mit à s'éventer tout en devisant à voix haute : « Mon Dieu ! Comme tout est étrange aujourd'hui ! Et dire qu'hier encore tout était parfaitement normal. Serait-ce que j'aie subi une transformation pendant la nuit ? Voyons voir : étais-je la même personne quand je me suis réveillée ce matin ? Je crois me souvenir que je me suis sentie légèrement différente. Mais alors, si je ne suis plus la même, la question qui se pose est : qui suis-je ? »
Mais bien sûr, VOILÀ le grand mystère ! Et sur ce, elle se mit à recenser mentalement toutes les fillettes qu'elle connaissait, afin de voir si elle n'aurait pas été changée en l'une d'elles.
« Je ne suis pas Ada, c'est certain, dit-elle, car elle a de longs cheveux bouclés, alors que les miens sont raides comme des baguettes ; et je ne suis pas Mabel, non plus, car je sais toutes sortes de choses, alors qu'elle ! Elle ! ne sait rien de rien ! Et d'ailleurs, ELLE est elle, et je suis moi, et – oh, comme tout ceci est compliqué ! Je vais essayer de voir si je me souviens de toutes les choses que je savais avant. Voyons : quatre fois cinq font douze, et quatre fois six font treize, et quatre fois sept font – oh, non ! À ce rythme-là, je n'arriverai jamais jusqu'à vingt ! De toute façon, la table de multiplication ne prouve rien. Essayons la géographie. Londres est la capitale de Paris, et Paris est la capitale de Rome, et Rome – mais non, ce n'est pas du tout cela ! J'ai dû me changer en Mabel ! Je vais essayer de réciter Comment fit... ». Sur ce, elle croisa ses mains sur ses genoux comme lorsqu'elle récitait ses leçons, et recommença, mais sa voix était étrangement rauque et des mots inhabituels sortaient de son gosier :

*Comment fit le petit crocodile*
*Qui voulait éblouir les cieux,*
*Il répandit les eaux du Nil*
*Sur chaque écaille de sa queue !*
*Avec un sourire goguenard,*
*Griffes polies à la perfection,*
*Il tend ses riantes mâchoires*
*Aux frétillants petits poissons !*

« Ce ne sont pas les mots justes, j'en suis sûre, dit la pauvre Alice tandis que ses yeux se remplissaient à nouveau de larmes. J'ai dû bel et bien être changée en Mabel, et maintenant je vais devoir aller vivre dans cette affreuse petite maison, avec presque pas de jouets et, ô, calamité ! des tas et des tas de leçons à apprendre ! Non, ma décision est prise ; si je suis effectivement Mabel, je resterai ici ! Et ils auront beau se pencher vers moi et supplier « Remonte à la surface, chère enfant ! » je me contenterai de lever les yeux vers eux et de répondre : « Mais qui suis-je donc ? Dites-moi d'abord qui je suis, et si cela m'agrée je remonterai, sinon, je resterai ici jusqu'à être redevenue quelqu'un d'autre ». Mais, ô, malheur ! s'écria Alice en éclatant brusquement en sanglots, si seulement ils avaient idée de passer la tête dans le trou ! J'en ai tellement assez d'être ici toute seule ! »
Comme elle disait cela, ses yeux se posèrent sur ses mains et à sa grande surprise, elle remarqua qu'elle avait enfilé machinalement l'un des gants du Lapin. « Comment est-ce possible ? » s'étonna-t-elle. « C'est que je dois être en train de rapetisser

à nouveau. »
Elle se leva et s'approcha de la table afin de s'y mesurer, et découvrit, selon une estimation approximative, qu'elle faisait environ soixante centimètres de haut et rapetissait à vue d'œil : elle ne tarda pas à comprendre que la cause de cette métamorphose était l'éventail qu'elle tenait à la main. Aussi le lâcha-t-elle précipitamment, afin de ne pas rétrécir davantage.
« Je l'ai échappé belle ! s'exclama Alice tout à la fois affolée par ce changement subi et heureuse d'être toujours en vie. Et maintenant, au jardin ! »
Elle fila à toutes jambes vers la petite porte : mais, ô, consternation ! La petite porte était toujours fermée et la petite clé se trouvait toujours sur la table de verre. « Décidément, ça ne va pas en s'arrangeant, songea la malheureuse enfant, car jamais je n'ai été aussi petite ! Et c'est une catastrophe, oui, une catastrophe ! »

Comme elle disait cela son pied glissa, et l'instant d'après, plouf, elle se retrouva immergée jusqu'au cou dans l'eau salée. Tout d'abord, elle pensa qu'elle était tombée dans la mer, « auquel cas, je rentrerai en chemin de fer », raisonna-t-elle (car Alice, qui était allée une fois dans sa vie au bord de la mer, en avait déduit que quelque soit l'endroit où l'on se trouvait sur la côte anglaise, on trouvait des cabines de bain roulantes au bord de l'eau, des enfants qui jouaient dans le sable avec des pelles en bois, puis une rue bordée de pensions de famille et, derrière, une gare de chemin de fer.) Cependant, elle ne tarda pas à réaliser qu'elle était en train de flotter dans la mare de larmes qu'elle avait versées lorsqu'elle mesurait deux mètres soixante-quinze.
« Je regrette d'avoir pleuré comme une madeleine ! » dit Alice tout en faisant des brasses et en cherchant à s'orienter. « Car maintenant je vais être punie. Je vais me noyer dans mes propres larmes ! Quelle chose étrange, vous avouerez ! Mais tout est tellement étrange aujourd'hui. »
Au même instant, un clapotis se fit entendre à une courte distance. Elle se mit à nager vers l'endroit d'où venait le bruit, pensant que ce devait être un morse ou un hippopotame, puis se souvint qu'elle était toute petite et s'aperçut presque aussitôt que ce n'était qu'une souris qui, comme elle, était tombée à l'eau.

« Est-il utile d'adresser la parole à une souris ? se demanda-t-elle. Avec toutes les choses abracadabrantes qui se passent ici, je ne serais pas étonnée si cette créature savait parler : de toute façon, il n'y a pas de mal à essayer. » C'est pourquoi elle hasarda : « Ô Souris, connaissez-vous le moyen de sortir de cette mare ? Je suis tellement lasse de nager, Ô Souris ! » (Alice pensait que ce devait être l'interpellation appropriée, car bien que ne s'étant encore jamais adressée à une souris, elle se souvenait avoir vu cette formule dans la grammaire latine de son frère), « Une souris, d'une souris, à une souris, une souris, Ô Souris ! » La Souris l'observa avec curiosité (et il lui sembla même voir cligner l'un de ses petits yeux) mais ne répondit pas.

« Peut-être ne comprend-elle pas l'anglais, songea Alice. Je parie que c'est une souris française, venue ici avec Guillaume le Conquérant », raisonna-t-elle, (car malgré toutes ses connaissances historiques, une certaine confusion régnait dans son esprit quant à la chronologie des faits.) C'est pourquoi elle reprit : « Où est ma chatte ? » qui était la première phrase de son livre de français. La Souris fit un bond hors de l'eau, toute tremblante de terreur.

« Oh, je suis confuse, s'excusa promptement Alice, craignant d'avoir froissé la pauvre bête. J'ai complètement oublié que vous n'aimiez pas les chats.

– Les chats ! s'indigna la Souris d'une voix stridente. Aimeriez-vous les chats, si vous étiez à ma place ?

– Sans doute pas, concéda Alice sur le ton de l'apaisement. Mais ne vous fâchez pas. J'aimerais tellement pouvoir vous présenter Dînette, notre chatte. Je suis sûre que vous prendriez les chats en affection si vous la voyiez. Elle est tellement mignonne et tranquille, poursuivit Alice, comme pour elle-même, tout en nageant nonchalamment dans la mare ; quand elle ronronne gentiment au coin du feu, et qu'elle se lèche les pattes et se frotte le museau – et tellement agréable à dorloter – et puis elle n'a pas sa pareille pour chasser les souris – Oh, je vous demande pardon ! s'excusa à nouveau Alice, car cette fois la Souris s'était hérissée de tous ses poils, visiblement choquée. Nous ne parlerons plus d'elle, puisque cela vous déplaît.

– *Nous* n'en parlerons plus ? se récria la Souris qui tremblait de la tête jusqu'au bout de la queue. Comme s'il me viendrait à l'idée d'aborder pareil sujet ! Notre famille a toujours détesté les chats : viles créatures, sournoises et répugnantes ! Ne prononcez plus jamais ce mot devant moi !

– Je vous le promets ! dit Alice qui s'empressa de changer de sujet de conversation. Aimez-vous… euh… aimez-vous les… euh… les chiens ? »

Comme la Souris ne répondait pas, Alice enchaîna avec entrain : « Il y en a un tout à fait charmant à côté de chez nous, si seulement vous pouviez le voir ! Un petit ratier à l'œil vif, avec, oh, de longs poils bruns et bouclés ! Il vous rapporte tout ce que vous lui lancez, et il fait le beau pour réclamer sa pitance, et il sait faire tellement de tours que j'en ai oublié la moitié. Son maître, un fermier qui ne tarit pas d'éloges à son sujet, dit qu'il vaut son pesant d'or ! Il paraît qu'il tue tous les rats et – Oh, mon Dieu, s'écria Alice, confuse. Je crains fort de vous avoir à nouveau froissée ! » Car la Souris s'éloignait en nageant aussi vite qu'elle le pouvait, provoquant des remous dans l'eau.

Alice la rappela d'une voix douce : « Chère Souris ! Revenez, nous ne parlerons plus ni de chats ni de chiens, puisque vous ne les aimez pas ! » À ces mots, la Souris fit demi-tour et s'en revint lentement à la nage. Le visage livide (de rage, songea Alice), elle dit d'une voix grave et tremblante : « Gagnons le rivage, et je vous raconterai mon histoire. Ainsi vous comprendrez pourquoi j'exècre les chats et les chiens. »

Il était d'ailleurs grand temps de s'en aller, car la mare commençait à se remplir de toutes sortes de bestioles qui étaient tombées à l'eau : il y avait un Canard et un Dodo, un Lori et un Aiglon, et quantité d'autres créatures bizarres. Alice nageant en tête, toute la troupe regagna le rivage.

# CHAPITRE III

## *La course à la va-comme-je-te-pousse et une longue histoire sans queue*

Rassemblés sur la berge, ils offraient un piètre spectacle – le plumage ratatiné pour les uns, le pelage raide et poisseux pour les autres, tous trempés jusqu'aux os, mal dans leur peau et de méchante humeur. La première question fut, évidemment, comment se sécher. Ils en débattirent tous ensemble, et bientôt Alice se mit à bavarder avec tout ce petit monde aussi naturellement que s'il se fût agi de vieilles connaissances. Elle eut une longue et âpre discussion avec le Lori, qui finit pas se renfrogner, refusant de dire autre chose que : « C'est moi le plus vieux, je le sais mieux que vous », ce qu'Alice refusait d'admettre tant qu'il ne lui aurait pas dit son âge. Et comme le Lori refusait obstinément de le lui révéler, la discussion fut close. Pour finir, la Souris, qui semblait avoir quelque autorité sur le reste de la troupe ordonna avec force : « Asseyez-vous ! Parlons peu mais parlons sec ! »

Tous s'assirent aussitôt comme un seul homme en un large cercle au milieu duquel se tenait la Souris. Alice, qui craignait de s'enrhumer si elle ne séchait pas au plus vite, la fixait anxieusement du regard.

« Hum ! fit la Souris en prenant l'air important. Êtes-vous tous prêts ? Voici la chose la plus aride et dessicative que je connaisse. Silence, je vous prie !

« Guillaume le Conquérant, qui s'était acquis la faveur du Pape, ne tarda pas à soumettre les Anglais qui voulaient se doter d'un chef et qui, depuis quelque temps, s'adonnaient sans retenue à l'usurpation et à la conquête. Edwin et Morcar, comtes de Mercie et de Northumbrie…

– Gla-gla ! dit le Lori en frissonnant de la tête aux pieds.

– Vous disiez ? demanda la Souris, en fronçant les sourcils, quoi qu'avec une extrême politesse.

– Rien du tout ! s'empressa de répondre le Lori.

– Il m'avait pourtant semblé… Mais reprenons. Edwin et Morcar, Comtes de Mercie et de Northumbrie, lui jurèrent allégeance et même Stigand, le très patriote archevêque de Cantorbéry, trouva la chose appropriée…

– Il trouva QUOI ? s'enquit le Canard.

– La chose appropriée, répliqua sèchement la Souris. Vous savez, j'imagine, ce qu'est une « chose appropriée ».

– Je sais ce qu'est une « chose appropriée », assurément, quand j'en trouve une, répondit le Canard. Généralement une grenouille ou un asticot. Mais ma question était, qu'a trouvé l'archevêque ? »

Sans daigner relever, la Souris reprit :

« Il trouva approprié d'aller trouver Guillaume en compagnie d'Edgar Atheling et de lui offrir la couronne. Au début, Guillaume fit preuve de modération. Mais l'arrogance de ces Normands…

« Eh, bien, très chère, comment vous sentez-vous ? demanda-t-elle en se tournant vers Alice.

– Trempée comme une soupe, répondit Alice avec mélancolie. Rien de tout cela ne m'aide à m'assécher.

– Dans ce cas, déclara le Dodo en se levant avec solennité, je propose que nous ajournions la séance et adoptions sans délai d'autres remèdes plus énergiques…

– Assez de mots ronflants ! intervint l'Aiglon. Je ne comprends pas le quart de ce que vous dites, et vous non plus, je parie ! »

Sur ce, l'Aiglon baissa la tête en riant sous cape, tandis que plusieurs oiseaux se mettaient à glousser.

« J'étais en train de dire, reprit le Dodo vexé, que la meilleure chose à faire pour nous sécher était d'organiser une course à la va-comme-je-te-pousse.

– Qu'est-ce qu'une course à la va-comme-je-te-pousse ? demanda Alice (non pas qu'elle ait absolument tenu à le savoir, mais le Dodo s'était tu comme s'il attendait que QUELQU'UN prenne la parole alors que tous les autres restaient cois.)

– Eh bien, dit le Dodo, la meilleure façon de l'expliquer est de la faire. »

(Et au cas où vous auriez vous-même envie de vous livrer à ce genre d'exercice, par une froide journée d'hiver, je vais vous expliquer comment le Dodo procéda.)

Il commença par tracer une sorte de piste circulaire (tout en expliquant que la forme en soi n'avait pas d'importance), après quoi chacun alla se placer çà ou là sur la piste. Il n'y eut aucun signal du genre « Un, deux, trois, partez », mais tous se mirent à courir au gré de leur fantaisie et à s'arrêter quand bon leur semblait, de sorte qu'il ne fut pas facile de déterminer à quel moment la course avait pris fin. Ils couraient ainsi depuis une bonne demi-heure et étaient presque secs quand le Dodo déclara soudain : « Fin de course ! » et tous accoururent vers lui en haletant et en demandant : « Qui a gagné ? »

Cette question exigea du Dodo pas mal de réflexion, et il resta pendant un long moment avec un doigt posé sur le front (posture dans laquelle Shakespeare est généralement représenté sur les gravures) tandis que tous les autres attendaient en silence. Pour finir, il déclara :

« Tout le monde a gagné et tout le monde va recevoir une récompense.

– Mais qui va décerner les récompenses ? demandèrent les autres en chœur.

– Mais, ELLE, bien sûr » dit le Dodo en pointant un doigt vers Alice.

Et aussitôt, tous se précipitèrent vers elle en réclamant : « Des prix ! Des prix ! »

Totalement prise au dépourvu, Alice glissa à tout hasard une main dans sa poche et en sortit une boîte de dragées – par chance l'eau salée n'y avait pas pénétré – qu'elle commença à distribuer à la ronde en guise de trophées. Il y en avait exactement une pour chacun.

« Mais elle aussi mérite une récompense, fit remarquer la Souris.

– C'est vrai, acquiesça le Dodo, l'air grave. Qu'avez-vous d'autre dans votre poche ? demanda-t-il en se tournant vers Alice.

– Juste un dé à coudre, répondit-elle tristement.

– Donnez-le moi ! » ordonna le Dodo.

Et tous s'assemblèrent à nouveau autour d'elle, tandis que le Dodo lui remettait solennellement le dé à coudre en disant :

« Nous vous prions d'accepter cet élégant dé à coudre. »

Une fois achevé ce bref discours, tous applaudirent.

Alice trouvait tout ce tralala parfaitement grotesque, mais les autres avaient l'air tellement sérieux qu'elle n'osait pas rire. Ne sachant que répondre, elle se contenta de faire une révérence et de prendre le dé avec solennité.

Le moment était venu de manger les dragées : ce qui engendra force bruit et confusion, les grands oiseaux se plaignant qu'ils n'en sentaient pas le goût, les petits s'étranglant et se faisant donner des tapes dans le dos. Tout finit cependant par rentrer dans l'ordre, et, chacun ayant repris sa place autour du cercle, ils supplièrent la Souris de leur raconter quelque chose.

« Vous m'aviez promis de me raconter votre histoire, dit Alice, et de me dire pourquoi vous détestez les Ch… et les Ch…, ajouta-t-elle à mi-voix, de peur de froisser à nouveau sa sensibilité.

– C'est qu'elle est longue et douloureuse ! soupira la Souris en contemplant sa queue.

– Longue, sans l'ombre d'un doute, dit Alice, en regardant elle aussi la queue de la Souris. Mais douloureuse, vraiment ? »

Et elle se mit à méditer si profondément la question que, dans son esprit, l'histoire que la Souris s'était mise à raconter prit à peu près cette tournure :

*Furibond ayant*
*un jour surpris*
*Une souris dans*
*son logis :*
*Lui dit,*
*« Cette fois ton*
*compte est bon,*
*Au tribunal*
*nous irons. »*
*« Mais Sire,*
*protesta*
*la souris,*
*Un procès sans*
*juge ni jury*
*Serait une perte*
*de temps. »*
*Mais le vil*
*cabot tint,*
*N'ayant rien*
*à faire ce matin.*
*« Je serai juge*
*et partie », repartit*
*le fieffé mâtin.*
*« N'attends pas de*
*compatissance.*
*La mort*
*sera*
*ta*
*sentence. »*

« Vous n'écoutez pas ! admonesta sévèrement la Souris. Où donc avez-vous la tête ?
– Je vous prie de m'excuser, balbutia Alice, confuse. Vous en étiez à la cinquième boucle, je crois ?
– Pas du tout ! contra la Souris visiblement furieuse. Mais si ça continue, je vais bel et bien faire des nœuds.
– Des nœuds ! » dit Alice en jetant des regards anxieux autour d'elle, avant de proposer, toujours prête à se rendre utile : « Puis-je vous aider à les démêler ?
– Vous ne ferez rien de la sorte, dit la Souris en se levant et en commençant à s'éloigner. Vos divagations frisent l'insulte !
– Je ne voulais pas vous blesser ! plaida la malheureuse Alice. Mais reconnaissez que vous êtes un tantinet soupe au lait ! »
La Souris répondit par un grognement.
« Revenez, je vous en prie, et finissez votre histoire ! » s'écria Alice tandis que tous les autres reprenaient en chœur : « Oh, oui, revenez ! »
Mais la Souris se contenta de secouer la tête en hâtant le pas.
« Dommage qu'elle soit partie ! » soupira le Lori dès qu'elle fut hors de vue.
Une dame Langouste saisit l'occasion pour faire la leçon à sa fille :
« Vous voyez ce qui arrive quand on ne sait pas garder la tête froide !
– Cessez de radoter, mère ! riposta l'impertinente. Vous feriez perdre son sang-froid à une huître !
– Comme je regrette que Dînette ne soit pas là ! s'exclama Alice sans s'adresser à personne en particulier. Elle aurait eu tôt fait de nous la ramener !
– Et qui donc est Dînette, si je puis me permettre ? » s'enquit le Lori.
Alice s'empressa de répondre, car elle était toujours disposée à parler de sa chère minette :
« Dînette est notre chatte. Et elle n'a pas sa pareille pour chasser les souris ! Et si vous voyez comme elle attrape les oiseaux ! Dès qu'elle en voit un, hop, elle n'en fait qu'une bouchée ! »
Ces propos jetèrent un froid manifeste dans l'assistance. Certains oiseaux prirent aussitôt leur envol : une vieille pie replia frileusement ses ailes en déclarant :
« Il faut que je rentre ; l'air du soir me fait mal à la gorge ! »
Et une mère Canari rappela ses petits d'une voix tremblante :
« Allons, mes enfants ! Il est grand temps d'aller se coucher ! »
Sous des prétextes divers, chacun prit congé et Alice se retrouva bientôt seule.
« Je n'aurais jamais dû parler de Dînette ! soupira-t-elle, morose. Personne n'a l'air de l'aimer ici, alors que c'est la chatte la plus merveilleuse du monde ! Chère Dînette ! Je me demande si je te reverrai un jour ! »
Et sur ce, la pauvre Alice se remit à pleurer, car elle se sentait très seule et abattue. Mais peu après, elle entendit à nouveau un petit bruit de pas dans la distance et releva promptement la tête, espérant sans trop y croire que la Souris avait changé d'avis et qu'elle était revenue pour achever de raconter son histoire.

# CHAPITRE IV

## *Le Lapin donne l'assaut Bill en tête*

C'était le Lapin Blanc qui s'en revenait sur ses pas en trottinant doucement. Il avait l'air soucieux de quelqu'un qui a perdu quelque chose et elle l'entendit qui marmonnait dans sa barbe : « La Duchesse ! La Duchesse ! Oh mes pattes ! Oh, ma fourrure et mes moustaches ! Elle va réclamer ma peau, aussi vrai que les furets sont des furets ! Mais où bigre ai-je bien pu les laisser tomber ? » Ayant deviné qu'il cherchait son éventail et ses gants de chevreau, Alice, toujours serviable, se mit en devoir de les chercher. En vain, car depuis sa traversée de la mare de larmes, plus rien n'était comme avant ; la grande salle avec son guéridon en verre et sa petite porte avait complètement disparu.

Peu après, ayant remarqué Alice qui était en train de mener diligemment ses recherches, le Lapin lui cria sans ménagement : « Mary Ann, que Diable êtes-vous en train de faire ici ? Courez sur-le-champ me chercher une paire de gants et un éventail à la maison ! Et que ça ne traîne pas ! »

Alice eut une telle frayeur qu'elle se mit à détaler dans la direction qu'il lui indiquait, sans même chercher à lui expliquer qu'il y avait erreur sur la personne.

« Il m'aura prise pour sa femme de chambre, se dit-elle tout en filant comme le vent. Il n'en reviendra pas lorsqu'il apprendra qui je suis réellement ! Mais en attendant, je ferais mieux d'aller lui chercher son éventail et ses gants. »

Juste comme elle disait cela, elle arriva en vue d'un ravissant cottage avec, apposée sur la porte, une rutilante plaque de cuivre gravée au nom de « L. Blanc ». Alice entra sans frapper et grimpa l'escalier quatre à quatre – car elle craignait de croiser Mary Ann et d'être chassée de la maison avant d'avoir pu trouver l'éventail et les gants.

« Quelle drôle de chose, songea-t-elle, que de devoir obéir aux ordres d'un lapin ! Bientôt, ce sera au tour de Dînette de me confier des missions ! » Et elle se mit à se jouer la scène dans sa tête : « Mademoiselle Alice ! Venez ici tout de suite et préparez-vous à partir en promenade ! J'arrive

tout de suite, ma gouvernante ! Mais Dînette m'a ordonné de surveiller la souris pour l'empêcher de sortir de son trou. »
« Cela étant, médita Alice, je doute qu'on laisserait faire Dînette si elle se mêlait de tout régenter à la maison ! »

Elle venait d'entrer dans une petite chambre parfaitement rangée avec une table devant la fenêtre, sur laquelle (comme elle l'avait espéré) reposaient un éventail et deux ou trois paires de gants de chevreau : elle prit l'éventail et la paire de gants et s'apprêtait à ressortir, quand son regard tomba sur une petite bouteille posée à côté du miroir. Il n'y avait dessus aucune étiquette avec la mention *BUVEZ-MOI*, mais elle la déboucha et la porta malgré tout à ses lèvres, certaine que quelque chose d'intéressant allait se produire, « comme chaque fois que je mange ou bois quelque chose, songea-t-elle. Et maintenant, voyons quel effet produit ce breuvage. J'espère qu'il va me faire grandir, car j'en ai assez d'être une petite chose insignifiante ! »

Et c'est effectivement ce qui arriva, et bien plus vite qu'elle ne l'avait espéré : elle n'avait pas bu la moitié de la bouteille qu'elle sentit sa tête cogner contre le plafond, et dut se courber en deux pour ne pas se briser le cou. « C'est largement suffisant, dit-elle en reposant promptement la bouteille. Pourvu que je ne continue pas à monter en graine, car maintenant je ne peux plus passer par la porte. Mais quelle mouche m'a donc piquée de boire aussi goulûment ! »
Hélas ! Les regrets arrivaient trop tard ! Elle continuait de grandir tant et plus, et dut bientôt s'agenouiller sur le plancher : une minute plus tard, même cela ne suffisait pas, et elle fut contrainte de s'allonger avec un coude appuyé contre la porte et un bras enroulé autour de la tête. Cependant, comme elle continuait toujours de grandir, elle n'eut d'autre choix que de passer un bras par la fenêtre et d'enfiler un pied dans l'âtre. « Et maintenant, advienne que pourra, songea-t-elle, car je ne peux rien faire de plus. »

Heureusement, la potion magique avait produit tout son effet. Mais bien qu'ayant cessé de pousser, Alice se trouvait dans une position des plus inconfortables, et comme elle ne voyait pas comment faire pour ressortir de cette chambre, elle était très abattue.
« C'était tellement mieux à la maison, soupira-t-elle. Là-bas, au moins, on ne passait pas son temps à grandir et à rapetisser, ni à se faire rudoyer par

les souris et les lapins. Je regretterais presque de m'être faufilée dans ce terrier – pourtant – pourtant il faut bien reconnaître que la vie qu'on mène ici est extraordinaire ! Mais qu'est-ce qui a bien pu se passer ? Jusqu'ici, je pensais que ce genre d'aventures n'arrivait que dans les contes de fée, et voilà que j'en vis une moi-même. On devrait écrire un livre à mon sujet. Indiscutablement ! Et d'ailleurs, j'en écrirai un quand je serai grande – mais je suis grande, médita-t-elle tristement. Et même tellement grande que je n'ai plus la place de grandir. »

« Mais alors, cela signifie-t-il que je ne vieillirai jamais ? Dans un sens c'est plutôt réconfortant de se dire qu'on ne deviendra jamais une vieille femme – mais d'un autre côté, devoir toute sa vie apprendre des leçons. Quelle barbe ! »
« Ce que tu peux être idiote, ma pauvre Alice ! se répondit-elle. Comment pourrais-tu apprendre des leçons ici alors que tu occupes tout l'espace et qu'il n'y a même pas de quoi loger un livre de classe ? »

Et elle continua de deviser ainsi, adoptant tantôt un point de vue, tantôt l'autre, comme si elle faisait la conversation, jusqu'au moment où elle entendit une voix à l'extérieur et s'interrompit pour tendre l'oreille.

« Mary Ann ! Mary Ann ! criait la voix. Allez me chercher mes gants sur-le-champ ! »
Il s'ensuivit un petit bruit de pas rapides dans l'escalier. Alice comprit que c'était le Lapin qui était venu la chercher, et elle se mit à trembler si fort qu'elle faisait vibrer la maison tout entière, oubliant qu'elle était à peu près mille fois plus grosse que le Lapin, et n'avait par conséquent aucune raison de le craindre.
À présent, le Lapin s'était approché de la porte et essayait de l'ouvrir. Mais comme la porte, qui s'ouvrait vers l'intérieur, était bloquée par le coude d'Alice, ses efforts furent vains. Elle l'entendit qui se disait à lui-même : « Je vais faire le tour et entrer par la fenêtre. »
« Essaie un peu ! », songea Alice.
Tendant l'oreille, elle attendit que le Lapin fût juste sous la fenêtre, puis, étirant la main, la referma brusquement en balayant l'air pour essayer de l'attraper. Elle n'y parvint pas, mais entendit un petit cri aigu suivi d'une chute et d'un bruit de

verre brisé qui semblait indiquer que le Lapin était tombé dans une serre à concombres, ou quelque chose de ce genre.
L'instant d'après, la voix excédée du Lapin s'écria : « Pat ! Pat ! Où es-tu ? » Puis une voix qu'Alice n'avait encore jamais entendue :
« Ici même, vot'Honneur ! En train de déterrer des pommes en l'air !
– Déterrer des pommes en l'air, la belle affaire ! pesta le Lapin, irrité. Viens ici tout de suite ! Et aide-moi à me sortir de là ! (À nouveau un fracas de verre brisé.)
– Et maintenant, dis-moi, Pat, qu'est-ce que cette chose qui dépasse de la fenêtre ?
– Ma foi, c'est un bras, vot'Honneur ! (Il prononçait « bro » )
– Un bras ! Bougre d'âne ! A-t-on jamais vu un bras de cette taille ? Ne vois-tu pas qu'il remplit tout le cadre de la fenêtre !
– Pour sûr, vot'Honneur : mais n'empêche que c'est un *bro*.
– Eh bien, il n'a rien à faire ici : ôte-le moi de là ! »

Il s'ensuivit un long silence, entrecoupé çà et là de vagues chuchotements tels que : « C'est que, vot' Honneur, ça ne me dit rien qui vaille, vraiment rien qui vaille ! – Fais ce que je te dis, poltron ! »
Alice étira à nouveau la main et balaya l'air d'un geste rapide. Cette fois il y eut deux cris perçants et encore un bruit de verre brisé.
« Ma parole, cet endroit est rempli de serres à concombres ! songea Alice. Je me demande ce qu'ils comptent faire maintenant ! Si seulement ils parvenaient à me faire sortir par la fenêtre ! J'en ai tellement assez d'être coincée ici ! »
Le silence s'installa de nouveau, puis elle entendit grincer les roues d'une petite carriole et des voix qui se mettaient à parler toutes ensemble : « Où se trouve l'autre échelle ? – Ma foi, j'en ai qu'une ; c'est Bill qu'a pris l'aut'. – Bill ! Va la chercher, mon garçon ! – Et appuie-les ici, dans ce coin – Non, il faut d'abord les attacher bout à bout – Elles ne sont pas moitié assez hautes – Il faudra faire avec ; inutile de chipoter – Tiens, Bill, attrape cette corde – Le toit ne va pas céder, au moins ? Attention, il y a une tuile qui branle – Oooh, la voilà qui tombe ! Gare à vos têtes, en bas ! (On entend un grand « crac » ) Quelle est l'andouille qui… ? – C'est Bill, j'parie – Qui est-ce qui va passer par la cheminée ? Pas moi ! Eh bien toi ! – Ah, ça non alors ! C'est Bill qui va y aller – Hep, Bill ! Le patron veut que tu descendes ! »
« Ainsi donc, c'est Bill qui va passer par la cheminée ? songea Alice. Apparemment, ce pauvre Bill écope de toutes les corvées ! Ce qui est sûr, c'est que je n'aimerais pas être à sa place pour tout l'or du monde : le conduit n'est pas bien large, mais je devrais pouvoir manœuvrer un peu tout de même ! »
Introduisant son pied aussi profondément qu'elle le pouvait dans le tuyau de la cheminée, elle attendit jusqu'à ce qu'elle entende les griffes du petit animal, d'une espèce indéterminée, s'agripper à la paroi juste au-dessus d'elle. Puis elle se dit : « Le voilà », et ce disant, décocha un vigoureux coup de pied et attendit de voir ce qui se passait.

La première chose qu'elle entendit fut un chœur de voix qui s'écriait : « Regardez, là-haut, c'est Bill qui fend les airs ! », puis le Lapin ordonnant : « Allez le ramasser, vous deux, près de la haie ! »
Un silence se fit, interrompu peu après par un brouhaha de voix : « Tenez-lui la tête droite – Et maintenant, une gorgée de gnôle – Attention qu'il

n'avale pas de travers – Eh ben, vieille branche, on a eu des frayeurs ? Qu'est-ce qui s'est passé ? Raconte ! »
Pour finir, une petite voix fêlée (« Bill », songea Alice) balbutia :

« Ch'ais pas au juste – merci bien, ça ira comme ça ; s'cusez, mai ch'uis encore un peu dans les vapes. J'ai senti un drôle de truc – comme un diable qui sort de sa boîte – et whizzzz, me v'là parti au ciel comme une fusée !
– Ça, tu peux le dire, mon vieux !
– Nous devrions brûler la maison ! déclara le Lapin.
– Si vous mettez le feu, je lance Dînette à vos trousses ! » s'écria Alice aussi fort qu'elle le pouvait.
Un silence de mort se fit instantanément, et Alice songea en elle-même : « Je me demande ce qu'ils sont en train de manigancer ! S'ils avaient deux sous de jugeote, ils enlèveraient le toit. »
Au bout d'une minute ou deux, ils recommencèrent à s'affairer, et Alice entendit le Lapin qui disait : « Une brouettée devrait suffire pour l'instant. »
« Une brouettée de quoi ? » se demanda Alice ; mais la réponse ne tarda pas à arriver. Soudain, une grêle de petits cailloux s'abattit sur la fenêtre, certains lui arrivant en pleine figure.
« Je vous conseille d'arrêter ça tout de suite ! » hurla-t-elle, provoquant un autre silence de mort.
Alice remarqua non sans surprise qu'en tombant à terre, les cailloux se changeaient en petits gâteaux, et une idée lumineuse lui traversa l'esprit. « Si j'en mange un, je vais certainement changer de taille ; et comme je n'ai plus la place de grandir, je devrais, logiquement, rétrécir. »

Sur ce, elle avala un gâteau et constata à sa grande joie qu'elle se mettait aussitôt à rapetisser. Dès qu'elle fut assez petite pour pouvoir passer par la porte, elle s'élança hors de la maison et découvrit un groupe d'animaux à plumes et à poils, réunis au dehors. Au milieu, le pauvre petit Bill, un lézard, était soutenu par deux cochons d'Inde qui lui administraient un cordial. Dès qu'ils la virent, tous se ruèrent vers Alice ; mais elle courut aussi vite qu'elle le put, et se retrouva bientôt à l'abri d'un épais sous-bois.

« La première chose à faire, se dit-elle tout en errant dans les bois, est de retrouver ma taille normale ; et la seconde est de regagner le ravissant jardin. Cela me semble un bon projet. »

C'était un excellent projet, en effet, vite et bien pensé ; mais encore fallait-il pouvoir le mettre à exécution, et pour cela elle n'avait pas la moindre idée de ce qu'il fallait faire. Alors qu'elle scrutait anxieusement les arbres qui se dressaient autour d'elle, un petit aboiement aigu retentit juste au-dessus de sa tête, lui faisant promptement relever les yeux.

Un énorme chiot était en train de la dévisager de ses grands yeux ronds en étirant timidement la patte pour essayer de la toucher.

« Gentil petit toutou ! » susurra Alice d'un ton enjôleur. Elle essaya de le siffler, mais elle était paralysée d'effroi à l'idée qu'il avait peut-être faim et que toutes les caresses de la terre n'y changeraient rien s'il décidait de la croquer.

Sans trop savoir pourquoi ni comment, elle ramassa un bâton et l'agita sous le nez du chiot. Ce dernier sauta des quatre pattes en jappant gaiement puis s'élança pour attraper le bâton en faisant mine de le déchiqueter. Alice courut vite se cacher derrière un grand chardon pour éviter d'être piétinée ; et dès qu'elle apparut de l'autre côté, le chiot s'élança à nouveau vers le bâton, avec une telle hâte qu'il tomba la tête la première et roula sur lui-même. C'était comme de jouer avec un cheval de trait, songea Alice. S'attendant à tout moment à être foulée aux pieds, elle recommença à faire le tour du chardon en courant. À présent, le toutou s'amusait à charger, avançant à chaque fois de quelques foulées, puis reculant de plus en plus loin en poussant des aboiements rauques, jusqu'au moment où il finit par s'asseoir à une bonne distance, haletant, la langue pendante et les yeux à demi fermés.

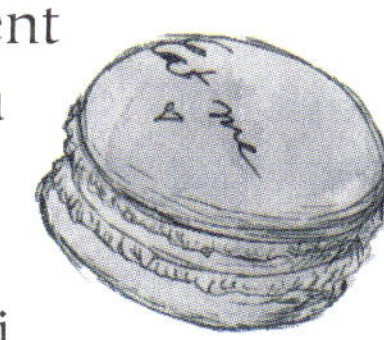

Songeant que c'était l'occasion ou jamais de prendre la fuite, Alice se mit à courir à perdre haleine et continua de détaler jusqu'à ce que les aboiements du chiot aient quasiment disparu au loin.

« Gentille petite bête ! » songea-t-elle en s'adossant à un bouton d'or pour souffler un peu en s'éventant à l'aide d'une feuille. « Je lui aurais volontiers appris des tours, si seulement j'avais eu la taille qui convient pour cela ! Oh, mon Dieu ! Un peu plus et j'oubliais que je n'avais toujours pas repris ma taille normale ! Voyons, comment vais-je m'y prendre ? Je suppose que je vais devoir manger ou boire quelque chose ; mais quoi donc ? »

C'était là une question essentielle. Alice jeta un coup d'œil aux fleurs et aux plantes qui poussaient autour d'elle, mais ne vit rien qui lui semblât mangeable ou buvable en pareilles circonstances.

Cependant, elle remarqua un gros champignon. Il était à peine plus haut qu'elle, et lorsqu'elle en eût inspecté le dessous, les côtés puis l'arrière, l'idée lui vint qu'elle devait également s'assurer qu'il n'y avait rien sur le dessus.

Comme elle se hissait sur la pointe des pieds pour atteindre le bord du chapeau, son regard croisa celui d'un gros chenillon. Assis au sommet, bras croisés, le Chenillon aspirait nonchalamment la fumée d'un long narguilé sans se soucier le moins du monde d'Alice ou de quoi que ce soit d'autre.

# CHAPITRE V

## *Les conseils d'un Chenillon*

Le Chenillon et Alice se dévisagèrent l'un et l'autre en silence. Au bout d'un moment, le ver ôta le narguilé de sa bouche et dit d'une voix alanguie et somnolente :
« Qui êtes-vous ? »

Intimidée par cette entrée en matière peu encourageante, Alice bredouilla :
« C'est que… je n'en sais trop rien, Monsieur – disons que je savais qui j'étais ce matin en me réveillant, mais qu'ensuite, il me semble avoir subi un certain nombre de transformations.
– Qu'entendez-vous par là ? demanda le Chenillon sur un ton comminatoire. Expliquez-vous !
– J'aimerais pouvoir le faire, Monsieur, mais n'étant plus moi-même… vous comprenez.
– Non.
– Eh bien, je ne sais comment l'exprimer plus clairement, étant donné que je n'y comprends rien moi-même, répondit Alice avec une extrême politesse. Mais changer de taille à tout bout de champ en l'espace d'une seule journée est une expérience pour le moins déroutante, vous en conviendrez.
– Pas du tout.
– C'est ce que vous croyez parce que vous n'en êtes pas encore passé par là, observa Alice, mais lorsque vous vous transformerez – inévitablement – d'abord en chrysalide, puis en papillon, vous allez vous sentir tout drôle, ne croyez-vous pas ?
– Pas le moins du monde.
– C'est que vous aurez une autre perception des choses, dit Alice. Car, pour ma part, je trouverais cela extrêmement bizarre.
– VOUS ! lâcha le Chenillon d'un ton dédaigneux. Mais qui êtes-VOUS d'abord ? »
Ce qui les ramena au début de leur conversation. Alice, irritée par le ton revêche de l'asticot, releva fièrement la tête :
« Il me semble que c'est VOUS qui devriez vous présenter le premier.
– Et pourquoi cela ? »
Encore une question embarrassante à laquelle Alice ne trouva rien à répondre. Excédée par l'humeur exécrable du Chenillon, la fillette tourna les talons.
« Revenez ! lui cria celui-ci. J'ai quelque chose d'important à vous dire ! »
Voilà qui semblait prometteur. Faisant demi-tour, Alice revint sur ses pas.
« Gardez la tête froide, lui dit le Chenillon.
– C'est tout ? fit Alice en s'efforçant du mieux qu'elle le pouvait de ravaler sa colère.
– Non. »
Songeant que l'invertébré avait peut-être quelque révélation intéressante à lui faire, Alice décida de prendre patience. Quelques minutes s'écoulèrent, durant lesquelles la Chenille tira des bouffées de sa pipe en silence. Puis, décroisant les bras, elle ôta le narguilé de sa bouche et reprit :
« Ainsi donc, vous pensez que vous avez subi des transformations ?
– J'en ai bien peur, Monsieur, répondit Alice. Je ne me souviens plus des choses que je savais avant.

Et je change de taille toutes les dix minutes !
– Mais quelles sont ces choses que vous avez oubliées ?
– Et bien, quand j'ai voulu réciter « Comment fit bzzbzz la petite abeille », ce qui est sorti n'avait rien à voir avec le poème que je connaissais ! dit Alice en proie à une soudaine mélancolie.
– Récitez donc « *Vous êtes vieux, Père William* », ordonna le Chenillon.
Joignant ses mains, Alice se mit à déclamer :

*« Vous êtes vieux, Père William,*
*Et vos cheveux sont tout blancs*
*Or, je vous vois à chaque instant,*
*La tête en bas, les pieds au mur*
*N'est-ce point là, vieillard branlant,*
*La plus néfaste des postures ? »*

*« J'ai longtemps craint, dit le vieil homme,*
*De m'esquinter le ciboulot*
*Mais quand j'ai su que ma cervelle*
*Avait la taille d'un noyau*
*J'ai pris goût à faire la chandelle,*
*Et à la refaire de nouveau. »*

*« Vous êtes vieux, reprit le jeune homme,*
*Et d'embonpoint êtes fort atteint*
*Or, vous avez franchi la porte*
*D'un salto arrière aérien.*
*Mais comment, mon Père, dites-moi,*
*Réussîtes-vous pareil exploit ? »*

*« Étant jeune, dit le vieux sage.*
*En secouant ses boucles grises*
*J'ai usé de certain onguent*
*Dont les gymnastes leurs muscles enduisent*
*Pour faire des sauts périlleux*
*– À vingt sous le pot, je t'en mets deux ? »*

*« Vous êtes vieux, Père William,*
*Et vos mâchoires ne peuvent plus guère*
*Que mastiquer votre salive*
*Or, vous finîtes la bécasse,*
*Sans laisser bec ni carcasse*
*Comment fîtes-vous, par quel prodige ? »*

*« Naguère, répondit son père,*
*J'ai beaucoup plaidé au barreau*
*Et dû régler avec ta mère*
*Moult litiges conjugaux*
*D'où la vigueur dentinaire*
*De mes antiques maxillaires. »*

*« Vous êtes si vieux, reprit le fils,*
*Que vos yeux devraient vous trahir*
*Or, en équilibre pouvez*
*Une anguille sur le nez tenir*
*À quoi devez-vous, mon père,*
*Une si grande habileté ? »*

*« J'ai répondu à trois questions,*
*Et c'est assez, clama son père*
*Apprends que j'ai mieux à faire*
*Que de supporter tes grands airs.*
*Et si, sur-le-champ, tu ne cesses !*
*Tu vas prendre mon pied aux fesses ! »*

« Ce n'est pas la version correcte, déclara le Chenillon.
– Pas tout à fait correcte, en effet, concéda Alice. Certains mots ne sont pas à leur place.
– Vous voulez dire que c'est erroné du début à la fin », décréta le Chenillon d'un ton sans appel. Et ils se turent pendant quelques minutes.
Le Chenillon fut le premier à reprendre la parole :
« Quelle taille aimeriez-vous avoir ?

– Oh, la taille en soi m'importe peu, s'empressa de répondre Alice, du moment que je n'en change pas à tout bout de champ, vous comprenez ?
– Non, je ne comprends pas. »
Alice ne dit rien. Elle n'avait pas souvenance d'avoir jamais été contredite de façon aussi systématique et sentit la moutarde lui monter au nez.
« Êtes-vous satisfaite de votre état présent ? s'enquit le Chenillon.
– Eh bien, j'aimerais être un tantinet plus grande, Monsieur, si vous n'y voyez pas d'inconvénient. Huit centimètres de haut, c'est un peu juste tout de même.
– Mais c'est très bien au contraire ! répliqua l'asticot, vexé, en se redressant de toute sa hauteur (qui se trouvait précisément être de huit centimètres.)
– C'est que je n'ai pas l'habitude ! plaida Alice dépitée, tout en songeant à part soi « Mais pourquoi diable toutes ces bestioles sont-elles aussi susceptibles ! »
– Vous finirez par vous y faire », dit le Chenillon en recommençant à fumer son narguilé.

Cette fois, Alice attendit patiemment qu'il reprenne la parole. Au bout d'une minute ou deux, le Chenillon ôta la pipe à eau de sa bouche, bâilla deux fois, s'ébroua, puis descendit du champignon et commença à s'éloigner en rampant dans l'herbe. Chemin faisant, il jeta négligemment :
« Un côté vous fera grandir et l'autre vous fera rapetisser. »
« Un côté de QUOI ? L'autre côté de QUOI ? » se demanda Alice.

« Du champignon », dit le Chenillon, comme si Alice avait parlé à voix haute.
Puis il disparut à la vue.
Alice considéra un moment le champignon d'un air perplexe. Déterminer où se situaient les deux côtés alors que le pied était parfaitement rond était une question complexe. Cependant, elle entoura le pédoncule de ses bras en les étirant le plus possible et en rompit un petit morceau avec chacune de ses mains.
« Et maintenant, lequel ? » songea-t-elle en croquant dans le morceau qu'elle tenait dans sa main droite : l'instant d'après, une secousse violente comme un coup de poing l'atteignit à la mâchoire : son menton venait de cogner contre son pied !

Bien qu'abasourdie par ce changement brutal, elle comprit qu'elle était en train de fondre à vue d'œil, et entreprit aussitôt de mordre dans le morceau de champignon qu'elle tenait dans sa main gauche. Mais son menton pressait si fort contre son pied qu'elle put à peine ouvrir la bouche. Lorsqu'elle y parvint enfin, elle eut toutes les peines du monde à avaler une bouchée.

« Enfin, ma tête se libère ! » constata Alice soulagée. Mais son euphorie ne fut que de courte durée, car presque aussitôt elle remarqua que ses épaules avaient disparu. Tout ce qu'elle voyait lorsqu'elle baissait les yeux, était un cou à la longueur interminable qui semblait s'élever comme un mât au-dessus de l'océan de verdure qui s'étalait à perte de vue au-dessous d'elle.
« Mais qu'est-ce donc que toute cette verdure ? se demanda-t-elle. Et où sont passées mes épaules ? Et vous, mes pauvres mains, comment se fait-il que je ne puisse pas vous voir ? »
Tout en parlant, elle les agita, moyennant quoi elle ne parvint à provoquer qu'un vague remous dans la ramée.
Voyant qu'elle était dans l'incapacité de ramener ses mains sur sa tête, elle essaya d'abaisser sa tête pour l'amener à la rencontre de ses mains, et à sa grande joie, découvrit que son cou se ployait dans toutes les directions avec l'agilité d'un serpent. Elle venait de l'infléchir en un gracieux zigzag et s'apprêtait à plonger la tête dans le feuillage qui n'était enfin de compte que la cime des arbres sous lesquels elle avait erré quelques instants plus tôt, quand un sifflement aigu la fit se redresser en toute hâte : un gros pigeon s'était jeté sur elle, la heurtant en plein visage.

« Vipère ! cria le Pigeon en battant violemment des ailes.
– Je ne suis pas une vipère ! protesta Alice, indignée. Laissez-moi tranquille !

– Vipère, vipère ! » répéta le Pigeon, quoi qu'avec moins de véhémence, puis ajouta dans un demi-sanglot : « J'ai tout essayé, mais rien n'y fait !
– Je ne comprends pas un traître mot de ce que vous racontez, dit Alice.
– J'ai essayé dans les racines des arbres, dans les fondrières, et même dans les haies vives, poursuivit le Pigeon sans lui faire cas ; mais ces vipères sont insatiables ! »
Alice était de plus en plus perplexe, mais décida de ne rien dire jusqu'à ce que le Pigeon ait achevé ses lamentations.

« Comme si couver des œufs n'était pas suffisamment compliqué en soi, dit le Pigeon, il faut en plus surveiller les vipères nuit et jour ! Savez-vous que je n'ai pas fermé l'œil depuis trois semaines !
– Je suis navrée de l'apprendre, dit Alice qui commençait à comprendre la nature du problème.
– Et juste au moment où je venais de m'installer dans l'arbre le plus haut de la forêt, dit le Pigeon d'une voix qui se faisait stridente, juste au moment où j'étais en train de me dire que j'avais enfin réussi à m'en débarrasser, les voilà qui débarquent par les airs ! Arrière, vipère !
– Mais je ne suis pas une vipère ! se récria Alice. Je suis… je suis une…
– Une quoi ? Eh bien, parlez ! dit le Pigeon. Je vois bien que vous êtes en train de manigancer quelque chose !
– Je… je suis une petite fille, déclara Alice, quoi qu'avec une certaine hésitation, car elle n'était plus sûre de rien après toutes les transformations qu'elle avait subies dans la journée.
– Piètre mensonge, en vérité ! dit le Pigeon avec

le plus profond mépris. J'ai croisé nombre de petites filles au cours de mon existence, mais jamais AUCUNE avec un cou tel que le vôtre ! Non, non ! Vous êtes une vipère ; inutile de nier. Auriez-vous le front de prétendre que vous n'avez jamais mangé un œuf de votre vie !

– J'ai déjà mangé des œufs, sans aucun doute, dit Alice qui ne mentait jamais. Car les petites filles mangent autant d'œufs que les serpents, savez-vous ?

– Je ne vous crois pas, dit le Pigeon. Mais si c'est vrai, alors, elles s'apparentent à des vipères. »

L'idée lui parut tellement incongrue, qu'Alice en resta un moment sans voix, ce qui fournit au Pigeon l'occasion de poursuivre :

« Vous cherchez des œufs, j'en suis sûr. Et d'ailleurs quelle différence cela fait-il pour moi que vous soyez une petite fille ou une vipère ?

– Pour moi, cela en fait une, et de taille, répliqua Alice du tac au tac. Mais quoi qu'il en soit, et ne vous en déplaise, je ne suis pas en train de chercher des œufs. Et quand bien même je le serais, ce ne serait certainement pas les vôtres, car j'ai une sainte horreur des œufs crus.

– Dans ce cas, du balai ! » maugréa le Pigeon en s'installant à nouveau sur sa couvée.

Alice se mit à ramper du mieux qu'elle le pouvait parmi les arbres, car son cou s'entortillait dans les branches, l'obligeant à s'arrêter à chaque instant pour le dégager. Au bout d'un moment, elle se souvint qu'elle tenait toujours des morceaux de champignon dans ses mains, et entreprit très précautionneusement de grignoter tantôt l'un tantôt l'autre, grandissant puis rapetissant tour à tour jusqu'à ce qu'elle ait réussi à retrouver sa taille normale.

Il y avait si longtemps qu'elle n'était plus à la bonne taille, qu'elle se sentit toute chose. Mais au bout de quelques minutes, elle se remit à converser avec elle-même comme dans le bon vieux temps :

« Bien, la première partie de mon plan est réalisée. Mais que toutes ces métamorphoses sont fatigantes ! Je ne peux jamais être certaine de ce que je serai l'instant d'après ! Quoi qu'il en soit, maintenant que j'ai retrouvé ma taille normale, je vais pouvoir m'en retourner dans ce merveilleux jardin. À condition d'en retrouver le chemin, naturellement ! » Juste comme elle disait cela, elle déboucha dans une clairière au milieu de laquelle se dressait une petite maison à peine haute d'un mètre. « Vu ma taille, songea Alice, les gens qui habitent ici vont mourir de frayeur si je frappe à leur porte ! » C'est pourquoi, elle prit une minuscule bouchée du morceau qu'elle tenait dans sa main droite et attendit d'avoir atteint une hauteur d'environ vingt centimètres avant de s'approcher de la maison.

# Chapitre VI

## *Cochon au Poivre*

Alice était en train d'observer la maison depuis une minute ou deux en se demandant ce qu'elle allait faire, quand un laquais en livrée sortit du bois en courant (c'est à sa mise qu'elle jugea qu'il s'agissait d'un laquais, car sa figure évoquait plutôt celle d'un poisson.) Le majordome frappa vigoureusement avec son poing à la porte qui s'ouvrit, révélant un deuxième laquais en livrée, à la face ronde et aux yeux exorbités de grenouille. Alice remarqua que les deux valets portaient des perruques poudrées. Intriguée par ces étranges créatures, elle sortit subrepticement du bois et s'approcha pour écouter ce qu'elles se disaient.

Le Poisson avait tiré de sous son bras une enveloppe presque aussi grosse que lui qu'il tendit à l'autre en déclarant d'un ton solennel :

« Pour la Duchesse, une invitation de la Reine à jouer au croquet. »

La Grenouille répéta sur le même ton guindé, quoiqu'en changeant légèrement l'ordre des mots :

« De la Reine. Une invitation à jouer au croquet pour la Duchesse. »

Tous deux s'inclinèrent profondément l'un vers l'autre et leurs perruques s'emberlificotèrent.

Alice fut prise d'un tel fou rire qu'elle dut s'en retourner en hâte dans les bois, de crainte qu'ils ne l'entendent. Lorsqu'elle émergea à nouveau

de sa cachette, le Poisson était parti, et l'autre était assis à même le gazon près de la porte et contemplait le ciel d'un œil vague.

Alice s'approcha timidement de la porte et frappa.

« Il est inutile de frapper, lui dit le laquais, et cela pour deux raisons. Primo, vous et moi nous trouvons du même côté de la porte ; et deuxio, il règne un tel raffut à l'intérieur que personne ne peut vous entendre. »

Et le fait est que les bruits les plus étranges lui parvenaient de l'intérieur de la maison – hurlements incessants et éternuements compulsifs, ponctués par instants de bris de vaisselle, comme si un plat ou une bouilloire avait volé en éclats.

« Mais alors, s'il vous plaît, demanda Alice, comment dois-je faire pour entrer ?

– Si la porte se trouvait entre nous, vous pourriez peut-être frapper, déclara le laquais sans même la regarder. Par exemple, si vous étiez à l'INTÉRIEUR, et que vous frappiez, je pourrais vous faire sortir. »

Tout en lui parlant, il gardait les yeux levés au ciel, ce qu'Alice jugeait d'une grossièreté sans nom. « Sauf s'il ne peut pas faire autrement, raisonna-t-elle, car ses yeux sont si hauts perchés qu'ils sont presque sur le dessus de son crâne. Mais toujours est-il qu'il pourrait se donner la peine de répondre quand on lui pose une question. » C'est pourquoi elle répéta :

« Comment puis-je entrer ?

– Je vais rester assis ici, l'informa le valet, jusqu'à demain… »

Au même instant, la porte s'ouvrit à la volée, et une grande assiette fendit les airs, manquant de peu le nez du laquais, avant d'aller se fracasser contre un arbre derrière lui.

« … ou peut-être après-demain, poursuivit le domestique sur le même ton flegmatique, comme si rien ne s'était passé.

– Comment puis-je faire pour entrer ? répéta Alice, en haussant la voix cette fois.

– Avez-vous le droit d'entrer ? dit le valet. C'est la première question que vous devriez vous poser. »

Il n'avait pas tort, mais Alice n'avait pas envie de se l'entendre dire. « Cette manie qu'ont ces créatures de chercher la petite bête à tout propos, songea-t-elle. C'est à vous rendre folle ! »

Le laquais saisit l'occasion de répéter ce qu'il venait de dire, quoiqu'avec une variante :

« Je vais rester assis ici, bon gré mal gré, pendant des jours et des jours.

– Mais que dois-je faire ? insista Alice.

– Faites ce que vous voudrez », dit la Grenouille en se mettant à siffloter.

« Je suis en train de gaspiller ma salive, conclut Alice, excédée. Il est complètement idiot ! » Et sur ce, elle poussa la porte et entra.

La porte s'ouvrait sur une vaste cuisine terriblement enfumée : assise au milieu, sur un tabouret à trois pieds, la Duchesse tenait un bébé dans ses bras ; penchée au-dessus du feu, la cuisinière remuait le contenu d'un énorme chaudron.

« Il y a beaucoup trop de poivre dans cette soupe ! » songea Alice entre deux salves d'éternuements.

Et beaucoup trop de poivre dans l'air, assurément. La Duchesse elle-même éternuait par instants ; quant au bébé, il éternuait et vagissait alternativement sans discontinuer. Les seules créatures qui n'éternuaient pas étaient la cuisinière et un gros matou qui se prélassait devant l'âtre et souriait de toutes ses dents.

« S'il vous plaît, demanda timidement Alice qui

craignait d'être impolie en parlant la première. Pourquoi votre chat sourit-il ainsi ?
– Parce que c'est un chat du Cheshire, voyons, dit la Duchesse. Cochon ! »

Elle prononça ce dernier mot avec une telle virulence qu'Alice en sursauta. Mais lorsqu'elle comprit que la Duchesse s'adressait au bébé et non pas à elle, elle s'enhardit à poursuivre :
« J'ignorais que les chats du Cheshire souriaient ; et pour tout dire j'ignorais que les chats pouvaient sourire.
– Ils le peuvent, dit la Duchesse, et la plupart le font.
– Personnellement, je n'en connais aucun qui le fasse, fit remarquer très poliment Alice, ravie d'avoir réussi à engager la conversation.
– Vous ne connaissez pas grand-chose », repartit sèchement la Duchesse.
N'appréciant guère le ton de cette remarque, mais jugeant plus sage de ne pas insister, Alice était en train de chercher un nouveau sujet de conversation quand, d'un seul coup et sans crier gare, la cuisinière ôta le chaudron du feu et se mit à lancer tout ce qui lui tombait sous la main en visant la Duchesse et le bébé – d'abord les tisonniers ; puis une avalanche de casseroles, assiettes et plats de service. Pendant tout ce temps, la Duchesse demeura impassible, même lorsqu'un ustensile l'atteignait ; quant au bébé, il braillait déjà si fort qu'il était impossible de dire si c'était ou non à cause des projectiles.

« De grâce, faites attention ! s'écria Alice en faisant des bonds de terreur. Oh, MALHEUR, pauvre mignon ! »
Une énorme casserole venait de frôler le bébé, manquant presque lui arracher le bout du nez.
« Si chacun s'occupait de ses propres affaires, déclara la Duchesse d'une voix gutturale, le monde tournerait plus vite.
– Ce qui ne serait pas forcément une bonne chose, dit Alice, enchantée de pouvoir faire un tant soit peu étalage de ses connaissances. Imaginez seulement à quoi ressemblerait le jour et la nuit ! Car voyez-vous, le globe terrestre est divisé en vingt-quatre tranches.
– Tiens, en parlant de tranches, dit la Duchesse, coupez-lui la tête ! »

Alice lança un coup d'œil inquiet à la cuisinière, s'attendant à ce qu'elle mette son ordre à exécution. Mais voyant que la domestique, occupée à touiller la soupe, ne semblait pas avoir entendu, elle reprit : « Ces tranches appelées fuseaux horaires, sont au nombre de vingt-quatre. Ou serait-ce douze ? Je…

– Oh, cessez de m'importuner, s'emporta la Duchesse. J'ai toujours eu horreur du calcul ! »
Et sur ce, elle se remit à bercer son bébé en lui chantant une sorte de berceuse dont elle ponctuait chaque phrase par une violente secousse.

*Houspillez votre petit lardon,*
*Et fessez-le s'il éternue*
*Car s'il le fait, c'est bien connu,*
*C'est par pure provocation.*

Le chœur (auquel se joignirent la cuisinière et le bébé) :
*Bouh ! hou ! bouh !*

Lorsqu'elle entama le deuxième couplet, la Duchesse se mit à secouer comme un prunier le malheureux bébé qui vagissait si fort qu'Alice pouvait à peine distinguer les paroles de la chanson :

*Je rudoie mon petit garçon*
*Et le fesse s'il éternue*
*Car il aime le poivre moulu*
*Mais fait sa tête de cochon.*

Le chœur :
*Bouh ! hou ! bouh !*

« Tenez, vous pouvez le prendre et le bercer, si cela vous chante ! dit la Duchesse à Alice en lui jetant le bébé dans les bras. Il faut que j'aille me préparer pour ma partie de croquet avec la Reine. »
Elle sortit précipitamment de la cuisine. La cuisinière jeta une poêle à frire dans sa direction mais la manqua de justesse.

Alice avait du mal à tenir le bébé car c'était une petite créature curieusement bâtie et qui ne cessait d'agiter ses bras et ses jambes en tous sens. « Comme une étoile de mer », songea Alice. Le pauvre petit reniflait aussi bruyamment qu'une machine vapeur, et ne cessait de gigoter, se repliant sur lui-même puis se dépliant tour à tour, si bien que pendant une minute ou deux elle eut toutes les peines du monde à le tenir.

Dès qu'elle parvint à le mettre dans la bonne position (c'est-à-dire à l'entortiller comme pour faire un nœud, puis à l'empoigner fermement par l'oreille droite et le pied gauche, pour l'empêcher de se dérouler à nouveau), elle l'emmena dehors pour prendre l'air.
« Si je n'emmène pas cet enfant avec moi, songea-t-elle, il ne survivra pas plus d'un jour ou deux. Ne serait-ce pas criminel de le laisser ici ? »
À ces derniers mots prononcés à voix haute, le bébé répondit par un grognement (cette fois, il avait cessé d'éternuer.)
« Il ne faut pas grogner, lui dit Alice. Ce n'est pas une façon de s'exprimer. »

Le petit grogna à nouveau, et Alice scruta anxieusement son visage, songeant que quelque chose n'était pas normal. Et le fait est que son nez très, très retroussé, ressemblait en tout point à un groin. De plus, ses yeux étaient minuscules. Non, décidément, quelque chose ne tournait pas rond.
« Mais peut-être est-ce parce qu'il est en train de pleurer », songea-t-elle en le scrutant à nouveau pour voir s'il y avait des larmes dans ses yeux.
Mais il n'y en avait pas.
« Si tu te transformes en cochon, prononça-t-elle l'air grave, alors je ne peux plus rien pour toi. Et tiens-toi bien, je te prie ! »

La pauvre petite chose recommença à sangloter (ou étaient-ce des grognements ?) puis tous deux restèrent un moment silencieux.
Alice était en train de se demander :
« Et maintenant, que vais-je faire de cette créature quand je vais rentrer à la maison ? » lorsque le bébé poussa un violent grognement. Cette fois, il n'y avait plus de doute possible : il s'agissait bel et bien d'un cochon.

Songeant qu'il était parfaitement ridicule de continuer à le bercer, elle le déposa à terre et fut soulagée de le voir s'enfoncer en trottinant sans bruit dans les bois.
« En grandissant, il serait devenu le plus laid des enfants : alors que pour un cochon il est plutôt mignon », se dit-elle. Puis elle se mit à penser à tous les enfants qu'elle connaissait et qui auraient très bien pu être des cochons, avant de conclure :
« Si seulement quelqu'un connaissait le moyen de les faire changer ». Au même instant, elle sursauta en apercevant le Chat du Cheshire assis sur une branche à quelques mètres de là.

Le Chat sourit en la voyant et elle se dit qu'il avait l'air plutôt conciliant, même si ses griffes très longues et ses nombreuses dents invitaient au respect.
« Oh, le joli minou du Cheshire », susurra-t-elle timidement, car elle n'avait pas la moindre idée de comment il s'appelait.
Mais le sourire du chat s'élargit encore un peu plus.
« Bien, se dit Alice, il a l'air content. » Puis elle reprit : « Pourriez-vous m'indiquer le chemin, s'il vous plaît ?
– Tout dépend où vous voulez aller, répondit le Chat.
– Cela m'est un peu égal… répondit Alice.
– Dans ce cas, peu importe le chemin, argua le Chat.
– … dès lors que j'arrive quelque part, acheva d'expliquer Alice.
– Oh, vous arriverez forcément quelque part si vous marchez suffisamment longtemps », dit le Chat.

Ce raisonnement étant imparable, elle tenta une autre question.
« Quelle sorte de gens vivent en ces parages ?
– Dans cette direction, dit le Chat en remuant sa patte droite, vit un Chapelier. Et dans cette direction (il remua l'autre patte), vit un Lièvre de Mars. Que vous alliez voir l'un ou l'autre : ils sont tous les deux fous.
– Mais je ne veux pas aller chez les fous, fit remarquer Alice.
– Je crains que vous n'ayez pas le choix, dit le Chat : car nous sommes tous fous. Moi. Vous.
– Comment savez-vous que je suis folle ?
– Parce que vous ne seriez pas venue ici si vous ne l'étiez pas. »
Bien que ne voyant pas en quoi cela constituait une preuve, Alice reprit malgré tout :
« Et vous, comment savez-vous que vous êtes fou ?
– Eh bien, tout d'abord, dit le Chat, parce que les chiens ne sont pas fous. Vous êtes d'accord sur ce point ?
– Je le suppose, concéda Alice.
– Bien, reprit le Chat. Comme vous le savez, les chiens grognent quand ils sont en colère et remuent la queue quand ils sont contents. Or, moi je grogne quand je suis content et remue la queue quand je suis en colère. Par conséquent, je suis fou.

– Ronronner conviendrait mieux que grogner, observa Alice.
– Appelez cela comme vous voudrez, dit le Chat. Allez-vous jouer au croquet avec la Reine aujourd'hui ?
– Je ne demanderais pas mieux, répondit Alice, mais je n'ai pas encore reçu d'invitation.
– Vous m'y verrez », dit le Chat, puis il disparut.
Alice n'en fut pas spécialement surprise, car elle commençait à s'habituer à voir se produire des événements inhabituels. Elle avait les yeux fixés sur l'endroit où il se trouvait quelques instants plus tôt, quand il reparut de nouveau.
« Ah, au fait, j'oubliais, dit-il. Qu'est-il advenu du bébé ?
– Il s'est transformé en cochon, murmura Alice comme si tout était parfaitement normal.
– J'en étais sûr », dit le Chat, puis il disparut à nouveau.

Alice attendit pendant un petit moment encore, s'attendant presque à le voir réapparaître, mais il ne se passa rien, et au bout d'une minute ou deux, elle commença à marcher dans la direction où résidait selon toute vraisemblance le Lièvre de Mars.
« J'ai déjà vu des chapeliers, songea-t-elle. En revanche, le Lièvre de Mars promet d'être intéressant, et comme nous sommes en mai, il ne sera peut-être pas aussi fou qu'il ne l'était en mars. »

Comme elle disait cela, elle leva les yeux et vit le Chat assis à nouveau sur une branche dans un arbre.
« Vous avez dit cochon ou torchon ? demanda le Chat.
– J'ai dit cochon, répondit Alice, et pourriez-vous cesser d'apparaître et disparaître à tout bout de champ : ça me donne le tournis à force.
– Très bien », dit le Chat en disparaissant tout doucement cette fois, en commençant par le bout de la queue, et en finissant par le sourire, qui perdura encore un certain temps après que tout le reste de sa personne eut disparu.
« Ma foi, songea Alice, j'ai souvent vu des chats qui ne souriaient pas, mais un sourire sans chat, c'est la chose la plus étonnante qu'il m'ait jamais été donnée de voir ! »

Elle ne marchait pas depuis très longtemps quand elle arriva en vue de la maison du Lièvre de Mars : c'est du moins ce qu'elle supposa en voyant les cheminées en forme d'oreilles et le toit couvert de fourrure. La maison était tellement imposante qu'elle décida de grignoter un petit morceau de champignon qu'elle tenait dans sa main gauche pour atteindre une soixantaine de centimètres avant de s'en approcher. Après quoi elle se remit en marche en songeant :
« À supposer qu'il soit complètement dérangé ! Je me demande si je n'aurais pas mieux fait d'aller chez le Chapelier ! »

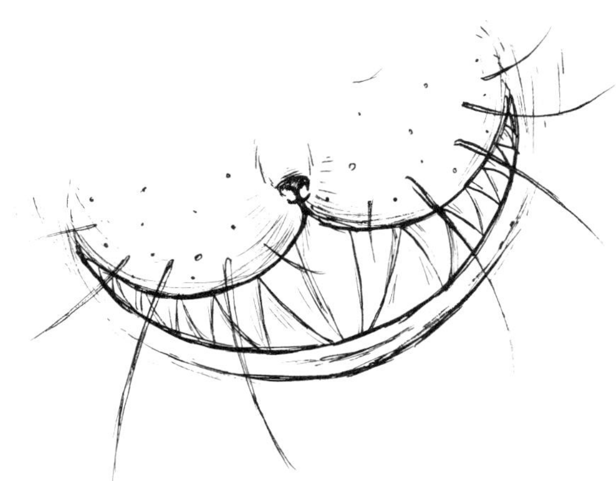

# CHAPITRE VII

## *Le thé de la Compagnie des Dingues*

Sous un arbre, devant la maison, une table était mise sur laquelle le Lièvre de Mars et le Chapelier étaient en train de prendre le thé. Assis entre eux, dormant à poings fermés, se trouvait un Loir dont les deux compères se servaient comme d'un accoudoir.

« Ce doit être terriblement inconfortable pour le loir », songea Alice. « Mais étant donné qu'il dort, je suppose qu'il ne se rend compte de rien. »

C'était une grande et longue table, mais tous trois se tenaient dans un angle, serrés les uns contre les autres :

« Pas de place ! Pas de place ! s'écrièrent-ils en voyant approcher Alice.

– Mais il y en a plein au contraire ! protesta Alice en se laissant tomber dans un gros fauteuil installé en bout de table.

– Prenez donc un peu de vin », lui dit le Lièvre de Mars sur un ton engageant.

Alice inspecta la table de long en large et dit :

« Je ne vois de vin nulle part.

– C'est parce qu'il n'y en a pas, confirma le Lièvre.

– Dans ce cas, la moindre des politesses eût été de ne pas m'en proposer, protesta Alice, furieuse.

– La moindre des politesses eût été de ne pas vous asseoir sans y être invitée, répliqua le Lièvre.

– J'ignorais que cette table VOUS était réservée, dit Alice. Elle est mise pour bien plus que trois personnes.

– Vous auriez besoin d'une bonne coupe de cheveux, dit le Chapelier qui observait Alice avec une grande curiosité.

– Vous ne devriez pas faire de remarques aussi personnelles, repartit Alice avec sévérité. C'est très inconvenant. »

À ces mots, le Chapelier ouvrit des yeux grands comme des soucoupes, mais ne dit rien d'autre que :

« Quel rapport y a-t-il entre un corbeau et un écritoire ? »

« Ah, ah ! songea Alice, nous allons enfin nous amuser. J'adore les devinettes. »

« Je pense avoir la solution, déclara-t-elle tout haut.

– Vous voulez dire que vous pensez pouvoir trouver la réponse ? s'enquit le Lièvre de Mars.

– En effet.

– Dans ce cas, vous devriez dire ce que vous pensez, poursuivit le Lièvre.
– C'est ce que je fais, s'empressa d'affirmer Alice. Ou tout au moins. . . je . . . je pense vraiment ce que je dis. C'est la même chose, voyez-vous.
– Absolument pas ! contra le Chapelier. C'est comme si vous disiez que « Je vois ce que je mange » c'est la même chose que « Je mange ce que je vois » !
– C'est comme si vous disiez, ajouta le Lièvre de Mars, que « J'aime ce que je reçois » c'est la même chose que « Je reçois ce que j'aime » !
– C'est comme si vous disiez, renchérit le Loir qui semblait parler dans son sommeil, que « Je respire quand je dors » c'est la même chose que « Je dors quand je respire » !
– C'est la même chose pour VOUS », dit le Chapelier, puis la conversation s'interrompit et ils restèrent silencieux pendant une minute, tandis qu'Alice essayait de se souvenir de tout ce qu'elle savait concernant les corbeaux et les écritoires – c'est-à-dire pas grand-chose.

Le Chapelier fut le premier à rompre le silence.
« Quel jour du mois sommes-nous ? » dit-il en se tournant vers Alice.
Il sortit sa montre de son gousset et la consulta d'un air anxieux. De temps à autre, il la secouait et l'appliquait contre son oreille.
Alice réfléchit un moment, puis dit :
« Le quatre.
– Deux jours de décalage ! soupira le Chapelier. Quand je vous disais que votre beurre ne convenait pas pour graisser la mécanique ! ajouta-t-il en foudroyant le Lièvre du regard.
– C'était pourtant du beurre de premier choix, protesta le Lièvre, penaud.
– Sans doute, mais des miettes de pain s'y seront collées, grommela le Chapelier. Vous n'auriez pas dû vous servir du couteau à pain. »
Le Lièvre de Mars prit la montre et la considéra d'un air grave. Puis il la trempa dans sa tasse de thé et la consulta à nouveau, mais ne trouva rien de mieux à faire que répéter ce qu'il avait déjà dit :
« C'était pourtant du beurre de premier choix. »
Intriguée, Alice jeta un coup d'œil discret par-dessus l'épaule du Lièvre.
« Quelle drôle de montre ! dit-elle. Elle donne le jour du mois mais pas l'heure !
– Et pourquoi le ferait-elle ? marmonna le Chapelier. La vôtre vous indique-t-elle en quelle année nous sommes ?
– Bien sûr que non, dit Alice. Mais c'est parce qu'une année met beaucoup trop de temps à s'écouler.
– C'est précisément le cas de la mienne », dit le Chapelier.

Alice resta interloquée. La remarque du Chapelier semblait n'avoir ni queue ni tête, et pourtant, il parlait de façon parfaitement intelligible.
« Je ne suis pas sûre d'avoir bien compris, dit Alice avec une infinie politesse.
– Le loir s'est rendormi », dit le Chapelier en versant un petit peu de thé brûlant sur son museau.
Le loir secoua la tête d'un geste impatient et marmonna, sans ouvrir les yeux :
« Mais bien sûr, bien sûr. J'allais justement faire la même remarque.
– Eh bien, avez-vous résolu l'énigme ? demanda le Chapelier en se tournant à nouveau vers Alice.
– Non, et je donne ma langue au chat, répondit Alice. Quelle est la réponse ?
– Je n'en ai pas la moindre idée, dit le Chapelier.
– Ni moi non plus », dit le Lièvre de Mars.
Alice soupira, excédée.

in this Style
10/6

« Vous n'avez donc rien de mieux à faire que perdre votre temps à poser des devinettes sans réponse.
– Si vous connaissiez Monsieur le Temps comme moi, répliqua le Chapelier, vous ne parleriez pas de LE perdre.
– Je ne comprends pas ce que vous dites.
– Évidemment pas ! s'offusqua le Chapelier en opinant du chef. Je parie que vous ne LUI avez même jamais adressé la parole !
– Sans doute pas, concéda prudemment Alice, mais je sais qu'il faut battre les temps forts quand on lit une partition musicale.
– Ah, tout s'explique, dit le Chapelier. IL ne supporte pas qu'on LE batte. Si vous étiez en bons termes avec LUI, IL ferait tout ce que vous LUI demanderiez. Par exemple, imaginons qu'il soit huit heures du matin, l'heure à laquelle commencent les leçons : il vous suffirait de LUI glisser un petit mot à l'oreille pour que les aiguilles fassent le tour du cadran ! Et, hop ! Midi ! l'heure de passer à table ! »
(Si seulement c'était vrai, marmonna le Lièvre de Mars dans sa barbe.)
« Ce serait prodigieux, dit Alice, l'air pensif. Le seul problème, c'est que je n'aurais pas faim.
– Au début, sans doute pas, dit le Chapelier, mais vous pourriez prolonger l'heure de midi aussi longtemps que vous le souhaiteriez.
– Est-ce ainsi que VOUS procédez ? » s'enquit Alice.

Le Chapelier secoua la tête, l'air maussade.
« Pas moi ! Nous nous sommes querellés en mars dernier – juste avant qu'il ne perde la boule (il désigna le Lièvre de Mars avec sa cuillère). C'était à l'occasion d'un grand concert que donnait la Reine de Cœur et où je devais chanter : « Maman, les p'tits gâteaux qui vont au ciel ont-ils des ailes ? » Vous connaissez cette chanson peut-être ?
– Cela me dit quelque chose, en effet, dit Alice.
– Et il y a une suite, reprit le Chapelier : « Mais non, mon gros ballot, y' montent au ciel sur un plateau… »
Au même instant, le Loir s'ébroua et se mit à chanter dans son sommeil :
« Maman, les p'tits gâteaux, les p'tits gâteaux, les p'tits gâteaux… » et continua si longtemps qu'ils durent le pincer pour l'arrêter.
« Eh bien, j'avais à peine fini la première strophe, continua le Chapelier, que la Reine se leva d'un bond en hurlant : Il n'est pas en mesure. Il massacre le temps ! Qu'on lui coupe la tête !
– Quelle horreur ! s'exclama Alice.
– Et depuis lors, reprit le Chapelier d'une voix sinistre, IL refuse systématiquement d'avancer ! De sorte qu'il est toujours cinq heures. »

Une idée lumineuse traversa l'esprit d'Alice.
« Est-ce pour cela qu'il y a autant de tasses à thé sur cette table ? demanda-t-elle.
– Absolument, soupira le Chapelier. Il est toujours l'heure du thé, et nous n'avons jamais le temps de faire la vaisselle.
– C'est pourquoi vous ne cessez de tourner autour de la table ?
– Tout juste, dit le Chapelier, au fur et à mesure que nous salissons les tasses.
– Mais que se passe-t-il quand vous revenez à votre point de départ ? demanda Alice.
– Si nous changions de sujet, dit le Lièvre de Mars dans un bâillement. Je m'ennuie. Je propose que la jeune demoiselle nous raconte une histoire.
– Je crains de n'en connaître aucune, confessa Alice, que cette suggestion affolait.

– Dans ce cas, nous allons demander au Loir ! s'écrièrent en chœur les deux compères. Réveillez-vous, Loir ! »
Et ils se mirent à le pincer des deux côtés à la fois.

Le Loir ouvrit lentement ses paupières.
« Je ne dormais pas, dit-il d'une voix faible et rauque. Je n'ai pas perdu un seul mot de toute la conversation.
– Racontez-nous une histoire ! s'écria le Lièvre de Mars.
– Oh, oui, s'il vous plaît ! renchérit Alice.
– Et ne traînez pas, ajouta le Chapelier. Sans quoi vous allez vous rendormir avant de l'avoir finie.
– Il était une fois trois petites sœurs, commença précipit-amment le Loir. Elles s'appelaient Elsie, Lacie et Tillie et vivaient au fond d'un puits.
– Mais de quoi vivaient-elles ? demanda Alice qui s'intéressait fort à tout ce qui avait trait à la nourriture et à la boisson.
– Elles vivaient de mélasse, dit le Loir après avoir réfléchi une minute ou deux.
– Mais c'est impossible, fit remarquer poliment Alice. Sans quoi elles seraient tombées malades.
– C'est justement ce qui est arrivé, dit le Loir. Elles étaient TRÈS malades. »
Alice avait beau essayer de se représenter à quoi pouvait ressembler une vie aussi peu ordinaire, cela dépassait son imagination, si bien qu'elle poursuivit :
« Mais pourquoi vivaient-elles au fond d'un puits ?
– Reprenez donc un peu de thé, lui proposa le Lièvre de Mars le plus sérieusement du monde.
– Comment pourrais-je en reprendre alors que je n'en ai pas encore pris ! s'offusqua Alice.
– Vous voulez dire que vous ne pourriez pas en prendre MOINS, dit le Chapelier. Car il est difficile de prendre MOINS que rien.

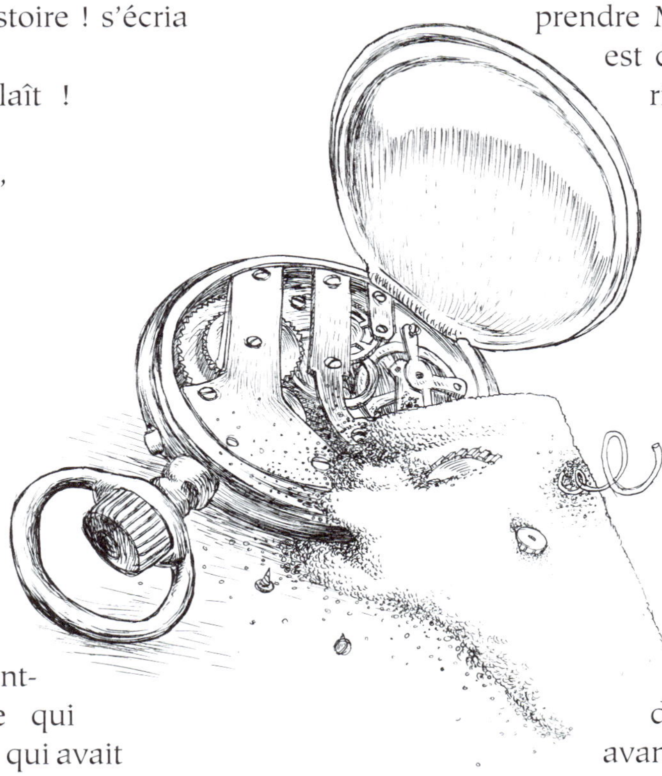

– Personne ne vous a demandé votre avis, répliqua Alice.
– Je croyais que les remarques personnelles étaient déplacées », souligna le Chapelier, triomphant.
Réduite à quia, Alice se servit du thé avec du pain et du beurre, puis, se tournant vers le Loir, répéta sa question :
« Pourquoi vivaient-elles au fond d'un puits ? »
Le Loir prit à nouveau le temps de réfléchir une minute ou deux avant de répondre :
« Parce que c'était un puits de mélasse.
– Mais cela n'existe pas ! protesta Alice, furieuse.
– Tss, tss ! firent le Chapelier et le Lièvre tandis que le Loir ronchonnait : si vous ne savez pas vous tenir, finissez l'histoire vous-même.
– Oh, non, s'il vous plaît ! plaida humblement Alice. Continuez. Je vous promets de ne plus vous interrompre. Après tout, il est possible qu'il en ait existé UN.

– UN, au minimum ! s'écria le Loir indigné, mais il consentit malgré tout à poursuivre. Et donc, ces trois petites sœurs… apprenaient à dessiner, et...
– Que dessinaient-elles ? s'enquit Alice, oubliant sa promesse.
– De la mélasse, dit le Loir sans prendre le temps de réfléchir cette fois.
– Je veux une tasse propre, interrompit le Chapelier. Décalons-nous d'une place. »

Il changea de place, et le Loir l'imita, tandis que le Lièvre de Mars prenait la place du Loir, et Alice celle du Lièvre, quoique sans grand enthousiasme. Le Chapelier était le seul à tirer avantage de la situation. Alice, pour sa part, était la plus mal lotie, car le Lièvre de Mars venait justement de renverser le pot à lait sur son assiette.
Craignant d'offenser à nouveau le Loir, Alice demanda avec tact :
« Il y a une chose que je ne comprends pas bien. D'où tiraient-elles la mélasse ?
– Si on peut tirer l'eau d'un puits, fit remarquer le Chapelier, pourquoi ne pourrait-on pas tirer de mélasse d'un puits de mélasse, grosse maligne ?
– Mais elles se trouvaient AU FOND du puits, insista Alice en s'adressant au Loir qui préféra ignorer sa remarque.
– Bien sûr qu'elles y étaient, dit le Loir ; et même tout au fond. »

Sa réponse jeta la pauvre Alice dans un puits de perplexité si profond qu'elle laissa le Loir continuer son récit sans l'interrompre.
« Elles apprenaient à dessiner, reprit le Loir qui tombait de sommeil et commençait à bâiller et à se frotter les yeux, et dessinaient toute sorte de choses – des choses qui commencent par un T…
– Pourquoi un T ? s'étonna Alice.
– Pourquoi pas ? » répliqua le Lièvre de Mars.
Alice se tut.

Entre-temps, le Loir avait fermé les yeux et commençait à s'assoupir. Mais le Chapelier le pinça et il se réveilla en poussant un petit cri aigu et reprit :
« … des choses qui commencent par un T, comme tapette à souris, télescope, trou de mémoire, et tout le tintouin – comme dans l'expression, « et tout le tintouin » ? Avez-vous déjà vu un dessin représentant « tout le tintouin » ?
– À vrai dire, confessa Alice, embarrassée, je ne crois pas que...
– Dans ce cas, taisez-vous », coupa le Chapelier.
La grossièreté de cette dernière remarque était plus qu'Alice ne pouvait en supporter : elle se leva et tourna les talons. Le Loir s'endormit instantanément, et aucun des deux autres ne sembla remarquer qu'elle s'en allait, bien qu'elle regardât une ou deux fois par-dessus son épaule, avec l'espoir qu'ils la rappelleraient. La dernière fois qu'elle se retourna, elle les vit qui essayaient de faire entrer le Loir dans la théière.
« Plus jamais je ne remettrai les pieds ici ! déclara Alice tout en commençant à se frayer un chemin dans la forêt. Je ne me souviens pas avoir jamais pris le thé en compagnie de gens aussi stupides ! »
Juste au moment où elle disait cela, elle remarqua une porte découpée dans le tronc d'un arbre.
« Comme c'est curieux ! songea-t-elle. Mais qu'est-ce qui n'est pas curieux aujourd'hui, je vous le demande. Au point où j'en suis, je ferais aussi bien d'entrer. »
Et elle entra.
Une fois de plus elle se retrouva dans la grande salle à côté du petit guéridon en verre.

« Cette fois, je ne vais pas refaire la même erreur », se dit-elle en saisissant la petite clé en or qu'elle fit tourner dans la serrure de la porte qui ouvrait sur le jardin. Puis elle commença à grignoter un bout de champignon (qu'elle avait gardé dans sa poche). Lorsqu'elle eut atteint une taille d'environ trente centimètres, elle s'engagea dans l'étroit corridor et ENFIN, se retrouva dans le merveilleux jardin parmi les massifs de fleurs multicolores et les fontaines d'eau fraîche.

# Chapitre VIII

## *La partie de croquet de la Reine*

Un grand rosier se dressait à l'entrée du jardin. Il était couvert de roses blanches que trois jardiniers s'affairaient à peindre en rouge. Intriguée, Alice s'était approchée pour les regarder faire, quand l'un d'eux s'exclama :

« Attention, le Cinq ! Tu m'éclabousses de peinture !
– Je ne l'ai pas fait exprès, bougonna le Cinq. C'est le Sept qui m'a poussé le coude.
– Ben voyons, dit le Sept en relevant la tête. Avec le Cinq, c'est toujours la faute des autres !
– Si j'étais toi, je filerais doux ! repartit le Cinq. Pas plus tard qu'hier, la Reine a dit qu'il fallait te couper la tête !
– Et pourquoi cela ? demanda celui qui avait parlé le premier.
– Occupe-toi de tes affaires, le Deux ! dit le Sept.
– Mais ce sont ses affaires ! rétorqua le Cinq. Et je vais lui dire pourquoi, moi – imagine-toi qu'il a apporté des oignons de tulipe à la cuisinière au lieu d'oignons à cuire.
– C'est profondément injuste ! » fulmina le Sept en jetant rageusement son pinceau.

Comme il disait cela, son regard tomba sur Alice. Il reprit aussitôt contenance. Les deux autres se retournèrent et tous trois exécutèrent une profonde révérence.
« S'il vous plaît, demanda Alice quelque peu intimidée, pourriez-vous me dire pourquoi vous peignez ces roses en rouge ? »
Le Cinq et le Sept coulèrent un regard en coin au Deux, qui dit à voix basse :
« C'est que, voyez-vous, Mademoiselle, à l'origine ce rosier aurait dû être rouge, mais nous en avons planté un blanc par mégarde. Et si la Reine venait à l'apprendre, elle nous ferait décapiter. C'est pourquoi nous nous dépêchons de réparer notre erreur avant qu'elle n'arrive, et – »
Au même instant, le Cinq, qui n'avait cessé de jeter des regards anxieux autour de lui, s'écria :
« La Reine ! La Reine ! »
Instantanément, les trois jardiniers se jetèrent face contre terre. On entendit un bruit de pas nombreux, et Alice se retourna, curieuse de voir la Reine.

En tête du cortège marchaient dix soldats armés de massues ; à l'instar des jardiniers, ils étaient plats et rectangulaires, avec des mains et des pieds aux quatre coins ; derrière eux, les courtisans ornés de carreaux de la tête aux pieds défilaient deux par deux, comme les soldats. Arrivaient ensuite les enfants royaux. Au nombre de dix, les chers petits sautillaient gaiement en se tenant par la main deux par deux. Tous étaient entièrement imprimés de motifs en forme de cœur. Venaient ensuite les invités, des Rois et des Reines pour la plupart. Parmi eux, Alice reconnut le Lapin Blanc. Ce dernier parlait d'une voix précipitée en souriant nerveusement, et passa devant elle sans la voir. Venait ensuite le Valet de Cœur, portant la couronne du Roi sur un coussin de velours rouge.

Et enfin, fermant l'imposant cortège, le ROI et la REINE DE CŒUR.
Alice hésita à se prosterner comme les trois jardiniers, puis renonça, n'ayant jamais entendu parler de semblable rituel lors d'une procession royale. « Et d'ailleurs, à quoi serviraient les parades si toute la foule s'aplatissait ainsi face contre terre sans rien voir du défilé ? » songea-t-elle. C'est pourquoi elle resta debout là où elle se trouvait et attendit.

Quand le cortège arriva à sa hauteur, tous s'arrêtèrent pour la dévisager, et la Reine dit d'un ton sévère :
« Qui est-ce ? »
Le Valet de Cœur, à qui elle s'était adressée, s'inclina en souriant mais ne répondit rien.
« Quelle andouille ! » pesta la Reine en secouant la tête impatiemment.
Puis se tournant vers Alice, elle demanda :
« Qui êtes-vous, mon enfant ?
– Je m'appelle Alice, votre Majesté, répondit Alice respectueusement, tout en songeant par-devers elle : « Après tout, ce ne sont que des cartes à jouer. Je n'ai aucune raison d'en avoir peur ! »
– Et qui sont CEUX-LÀ ? » dit la Reine en désignant les trois jardiniers prosternés au pied du rosier.
Car, voyez-vous, tournés comme ils l'étaient face contre terre, on ne voyait d'eux que les motifs qu'ils portaient sur le dos et qui ne les distinguaient en rien du reste de la troupe. Ç'aurait pu aussi bien être des jardiniers, des soldats, des courtisans ou même trois de ses propres enfants.
« Comment le saurais-je ? répondit Alice, surprise par sa propre audace. Cela ne me regarde pas. »

La Reine devint cramoisie. Posant sur Alice des yeux de bête fauve, elle rugit :
« Qu'on lui coupe la tête !
– N'importe quoi ! » répliqua Alice d'une voix forte et assurée qui réduisit la Reine à quia.
Le Roi posa une main sur son bras et dit timidement :
« Allons, ma chère, ce n'est qu'une enfant ! »

La reine se détourna alors rageusement de son époux, et dit au Valet :
« Retournez-les sur-le-champ ! »
Ce que fit le Valet, délicatement, en s'aidant de la pointe du pied.
« Levez-vous ! » ordonna la Reine d'une voix stridente.

Se relevant d'un bond, les trois jardiniers s'inclinèrent devant le Roi et la Reine, puis saluèrent les enfants royaux et enfin le reste de la troupe.
« Cessez ce manège ! hurla la Reine. Vous me donnez le tournis. »
Désignant le rosier, elle demanda :
« Qu'avez-vous fait à cet arbre ?
– S'il plaît à votre Majesté, répondit très humblement le Deux en posant un genou à terre. Nous avons essayé de...
– Je vois, dit la Reine qui entre-temps avait examiné les roses. Qu'on leur coupe la tête ! »
Le cortège se remit en marche. Trois soldats restèrent en arrière pour exécuter les infortunés jardiniers qui coururent chercher protection auprès d'Alice.
« Personne ne va vous décapiter ! » dit-elle en les cachant au fond d'un grand pot de fleurs qui se trouvait là.
Les trois soldats les cherchèrent sans succès pendant une minute ou deux, puis s'en furent rejoindre discrètement le reste de la procession.
« Leur avez-vous coupé la tête ? brailla la Reine.
– Leurs têtes ont disparu, s'il plaît à votre Majesté ! s'écrièrent les soldats.
– Parfait ! cria la Reine. Savez-vous jouer au croquet ? »
Les soldats se tinrent cois et regardèrent Alice, à qui la question s'adressait de toute évidence.
« Oui, cria Alice.
– Dans ce cas, venez ! » rugit la Reine.
Alice prit place dans le cortège en se demandant ce qui allait arriver ensuite.
« Quelle – quelle belle journée ! » dit timidement une voix près d'elle.

C'était le Lapin Blanc qui marchait à ses côtés et la scrutait d'un œil anxieux.
« Très belle, en effet, dit Alice. Où est la Duchesse ?
– Chhhut ! » souffla à mi-voix le Lapin en jetant des regards inquiets par-dessus son épaule.
Se dressant sur la pointe des pieds, il approcha sa bouche de l'oreille d'Alice et murmura :
« Elle a été condamnée à la peine capitale.
– Et en quel honneur ?
– Vous avez dit « quelle horreur » ?
– Pas du tout, fit Alice. J'ai dit : « En quel honneur » ?
– Elle a giflé la Reine… » commença le Lapin.
Alice ne put réprimer un petit éclat de rire.
« Chhhut ! murmura le Lapin épouvanté. La Reine va vous entendre ! En fait, comme elle était en retard, la Reine s'est écriée…
– Que chacun prenne sa place ! » hurla la Reine, et tous se mirent à courir en tous sens, se cognant les uns aux autres.

Au bout d'une minute ou deux, tout rentra dans l'ordre et le jeu commença. Alice n'avait jamais vu un jeu de croquet aussi curieux. Le terrain était tout en nids de poule et en dos d'âne, des hérissons vivants tenaient lieu de boules et les maillets étaient des flamants. Les soldats pliés en deux et en appui sur leurs mains et leurs pieds faisaient office d'arceaux.

La principale difficulté, découvrit Alice, était de manœuvrer son flamant. Elle avait réussi sans trop de mal à caler le corps de l'animal confortablement sous son bras, avec les jambes pendantes, mais dès qu'elle lui étirait le cou pour pouvoir frapper le hérisson avec sa tête, l'oiseau redressait le cou, et la regardait avec une telle expression de surprise dans les yeux qu'elle ne pouvait s'empêcher de rire. Et lorsque, ayant enfin réussi à le remettre tête en bas pour frapper à nouveau le hérisson, c'était ce dernier qui cette fois se déroulait et s'éloignait en trottinant. De plus, chaque fois qu'elle voulait envoyer le hérisson sous un arceau, il se trouvait un creux ou une bosse sur sa trajectoire, sans parler des soldats arc-boutés qui se relevaient à chaque instant pour aller se placer sur une autre partie du terrain. Aussi en vint-elle à la conclusion qu'il s'agissait d'un jeu extrêmement difficile.
Tous les joueurs jouaient en même temps sans attendre leur tour, et se querellaient, chacun voulant s'approprier le hérisson de l'autre. Très vite, la Reine, excédée, se mit à taper du pied en hurlant à tout-va :
« Qu'on lui coupe la tête ! Qu'on leur coupe la tête ! »

Alice se sentait de plus en plus mal à l'aise, car bien qu'elle ne se fût pas encore attiré les foudres de la Reine, elle sentait que cela risquait d'arriver à tout moment. Elle pensa :
« Et qu'adviendra-t-il de moi ? Ces gens sont de tels adeptes de la décapitation que c'est un miracle qu'aucun d'eux soit encore en vie ! »

Elle était en train de regarder autour d'elle en cherchant un moyen discret de prendre la fuite, lorsqu'une étrange apparition se produisit dans les airs. Tout d'abord, elle en fut très surprise, mais après une minute ou deux, elle comprit qu'il s'agissait d'un sourire. « Le Chat du Cheshire, se dit-elle. Je vais enfin pouvoir parler à quelqu'un. »
« Eh bien, comment vous en sortez-vous ? » lui dit le

Chat dès qu'il eut suffisamment de bouche pour pouvoir parler. Alice attendit que ses yeux apparaissent, puis hocha la tête.

« Il est inutile de lui adresser la parole, songea-t-elle, tant que ses oreilles ne sont pas visibles, ou tout au moins l'une d'elles. » L'instant d'après, la tête toute entière apparut. Posant son flamant à terre, Alice entreprit de raconter au Chat comment se déroulait le jeu, trop heureuse d'avoir trouvé une bonne âme pour recueillir ses confidences. Sans doute le Chat estimait-il être suffisamment visible, car aucune autre partie de son corps n'apparut.

« Ces gens n'arrêtent pas de tricher, expliqua Alice sur un ton plaintif. Ils se querellent si souvent et si fort qu'on ne s'entend pas parler. De plus, ils n'ont pas l'air de connaître les règles du jeu, ou alors, s'ils les connaissent, ils n'en font pas cas. Et puis, vous n'avez pas idée comme c'est dérangeant de jouer avec des accessoires qui sont des créatures vivantes. Par exemple, l'arceau sous lequel je m'apprêtais à pousser ma boule, s'est levé d'un seul coup pour partir s'installer à l'autre bout du terrain – et juste au moment où j'allais roquer le hérisson de la Reine, ce dernier a pris la fuite en voyant le mien rouler dans sa direction !

– Comment trouvez-vous la Reine ? demanda le Chat à voix basse.

– Pas facile, dit Alice. Elle est tellement… »

Comme elle disait cela, elle remarqua que la Reine se trouvait juste derrière elle et l'écoutait, si bien qu'elle ajouta :

« … imbattable, que je ne pense pas qu'il vaille la peine de terminer la partie. »

Satisfaite, la Reine sourit et passa son chemin.

« À qui parlez-vous donc ? demanda le Roi, en s'approchant d'Alice et en regardant la tête du Chat avec une grande curiosité.

– C'est un ami – un Chat du Cheshire, dit Alice. Permettez-moi de faire les présentations.

– Sa tête ne me revient guère, dit le Roi, mais je consens à ce qu'il me baise la main.

– J'aimerais mieux pas, dit le Chat.

– Quelle impertinence ! s'offusqua le Roi. Et cessez de me regarder comme ça ! »

Tout en parlant, il avait pris place derrière Alice.

« Un Chat peut regarder un Roi, dit Alice. Je l'ai lu dans un livre, mais je ne me souviens plus lequel.

– J'exige qu'il parte sur le champ, déclara le Roi avec force, et il appela la Reine qui passait par là. Ma chère ! Il faut que vous fassiez chasser ce chat sur-le-champ ! »

La Reine ne connaissait qu'une façon de régler les problèmes, petits ou grands.

« Qu'on lui coupe la tête ! s'écria-t-elle, sans même se retourner.

– Je vais aller chercher moi-même le bourreau », dit le Roi sans hésiter, puis il s'éloigna en hâte.

Alice songea qu'elle ferait mieux de s'en retourner voir

comment se poursuivait la partie, quand elle entendit la Reine hurler dans la distance. Elle l'avait déjà entendue ordonner l'exécution de trois joueurs qui avaient manqué leur tour, et n'aimait pas du tout la tournure que prenaient les événements. Il régnait une telle confusion sur le terrain qu'elle ne savait jamais quand c'était à elle de jouer. Si bien qu'elle partit à la recherche de son hérisson.

Elle le trouva en train d'en découdre avec un autre hérisson. Alice songea que c'était l'occasion ou jamais de roquer l'un avec l'autre, mais le problème était que son flamant avait filé à l'autre bout du jardin où il cherchait, avec une évidente maladresse, à s'envoler au sommet d'un arbre.

Lorsqu'elle eut enfin réussi à l'attraper et à le ramener, la bagarre avait pris fin entre les deux hérissons et ceux-ci avaient disparu. « C'est sans importance, songea Alice, tous les arceaux ont déserté cette partie du terrain, de toute façon. » Si bien qu'elle cala fermement le flamant sous son bras de crainte qu'il ne s'échappe à nouveau, et s'en retourna faire un brin de causette avec son ami.

Entre-temps, à l'endroit où elle avait laissé le Chat du Cheshire, un attroupement s'était formé et une vive discussion avait éclaté entre le bourreau, le Roi et la Reine. Tous parlaient en même temps, tandis que les autres, pétrifiés, observaient un silence embarrassé.

Aussitôt que parut Alice, elle fut prise à partie par les trois antagonistes qui la sommèrent de trancher le débat. Chacun lui fit part de ses arguments, mais comme ils parlaient tous à la fois, elle eut toutes les peines du monde à comprendre ce qu'ils disaient.

Le bourreau arguait qu'il était impossible de trancher une tête qui n'était pas rattachée à un corps : jamais il ne l'avait fait et ça n'était pas à son âge qu'il allait commencer.

Le Roi, en revanche, estimait que tout ce qui possédait une tête pouvait être décapité ; et finissons-en avec ces enfantillages.

La Reine, quant à elle, déclarait que si rien n'était fait sur l'heure, tout le monde sans exception serait exécuté. (Raison pour laquelle l'assistance semblait si grave et consternée.)

Ne trouvant rien d'autre à dire, Alice suggéra :

« Puisque le Chat appartient à la Duchesse, c'est à elle qu'il faut poser la question.

– Elle est en prison. Allez la chercher », ordonna la Reine au bourreau qui fila aussitôt comme une flèche.

Au même instant, la tête du Chat commença à s'estomper, et lorsque le bourreau s'en revint avec la Duchesse, elle avait complètement disparu. Là-dessus le Roi et le bourreau se mirent à courir en tous sens pour essayer de la retrouver, tandis que le reste de la troupe regagnait le terrain de croquet.

# Chapitre IX

## *La véritable histoire de la Fausse Tortue*

« Vous n'avez pas idée comme je suis heureuse de vous revoir, chère vieille branche ! » dit la Duchesse en passant affectueusement son bras sous celui d'Alice.

Ravie de la retrouver d'aussi plaisante humeur, Alice en vint à la conclusion que le poivre était probablement la cause de son irascibilité, la première fois qu'elles s'étaient vues à la cuisine.

« Quand je serai Duchesse, songea-t-elle (sans trop y croire cependant), il n'y aura pas un seul grain de poivre chez moi. La soupe peut très bien s'en passer. C'est d'ailleurs à se demander si le poivre ne serait pas à l'origine de l'échauffement des esprits ? » Satisfaite d'avoir découvert une nouvelle règle du comportement, elle poursuivit : « Tout comme le vinaigre les rend acrimonieux et la camomille amers, alors que le sucre d'orge, et autres sucreries, rendent les enfants doux comme le miel. Si seulement les grands acceptaient de se rendre à l'évidence, ils nous en donneraient plus souvent, voyez-vous ? »

Elle avait complètement oublié la Duchesse et sursauta légèrement quand elle entendit sa voix tout près de son oreille :

« Vous êtes tellement perdue dans vos pensées, ma chère, que vous ne répondez pas quand on vous parle. Je ne saurais vous dire, là, tout de suite, quelle est la morale de cette histoire, mais cela va me revenir dans un instant.

– Peut-être n'y en a-t-il aucune, se hasarda à déclarer Alice.

– Tss, tss, mon enfant ! Toute histoire comporte une morale, dès lors qu'on se donne la peine de la trouver. »

Tout en parlant, elle se serrait contre Alice. Au grand dam de celle-ci, car non seulement la Duchesse était d'une laideur à faire peur, mais elle appuyait son menton pointu sur son épaule qui se trouvait être exactement à la bonne hauteur pour cela. Ne voulant pas paraître impolie, Alice s'efforçait au mieux de supporter cette situation des plus inconfortables.

« La partie de croquet semble se dérouler dans la bonne humeur, dit-elle, afin d'alimenter la conversation.

– En effet, dit la Duchesse. Et la morale de cette histoire est que c'est l'amour, oui, c'est l'amour qui fait tourner le monde !

– Quelqu'un a dit, murmura Alice, que le monde tournerait plus rond si chacun s'occupait de ses affaires !

– Oui, eh bien, cela revient à peu près au même, dit la Duchesse, en plantant une fois de plus son petit menton pointu dans l'épaule d'Alice. Et la morale de tout ceci est « Prenez soin des sens et

les sons prendront soin d'eux-mêmes. »
« Elle n'a décidément de cesse de trouver une morale à tout », songea Alice.
« Je suppose que vous vous demandez pourquoi je ne passe pas mon bras autour de votre taille, dit la Duchesse après un court silence. La raison en est que je me méfie de votre flamant. Essaierais-je, tout de même ?
– Il risque de vous piquer avec son bec, répondit prudemment Alice, bien que ne voyant pas d'inconvénient à tenter l'expérience.
– C'est vrai, concéda la Duchesse : les flamants et la moutarde piquent. Et la morale de cette histoire est « qui se ressemble s'assemble ».
– À cela près que la moutarde n'est pas un oiseau, fit remarquer Alice.
– Absolument, admit la Duchesse. Vous êtes d'une telle clairvoyance !
– Il me semble que c'est un minéral, dit Alice.
– Mais naturellement, acquiesça la Duchesse, qui semblait prête à dire amen à tout ce qu'affirmait sa jeune compagne. Il y a non loin d'ici une carrière de moutarde. Et la morale de tout ceci est donc : « Plus ma carrière progresse, plus la vôtre stagne. »
– Ça me revient, s'exclama Alice, sans prêter attention à ce que venait de dire la Duchesse. C'est un légume. Ça n'en a pas l'air comme ça, mais c'en est un.
– Je suis on ne peut plus d'accord avec vous, dit la Duchesse. Et la morale de tout ceci est donc : « Soyez toujours fidèle à ce que vous semblez être » – ou, pour dire les choses plus simplement : « N'allez pas vous imaginer n'être pas différente de ce qu'autrui pense que vous êtes ou que vous pourriez ne pas être si vous aviez été conforme à l'idée qu'ils se feraient de vous si vous aviez été différente. »
– Je pense que je comprendrais mieux votre raisonnement, déclara poliment Alice, si je le voyais écrit noir sur blanc. Mais dit ainsi, j'ai peur de ne pas pouvoir vous suivre.
– Je pourrais le dire de n'importe quelle autre façon s'il m'en prenait l'envie ! déclara fièrement la Duchesse.
– Je vous en prie, dit Alice, ne vous donnez pas cette peine.
– Oh, ne parlez pas de peine ! répliqua la Duchesse. Tenez, je vous fais présent de tout ce que j'ai pu dire jusqu'ici. »
« Un présent qui ne lui coûte pas grand-chose ! pensa Alice en elle-même. Heureusement que les cadeaux d'anniversaire ne ressemblent pas à cela ! »
Mais elle se garda bien de lui en faire la remarque.
« Perdue dans vos pensées, une fois de plus ? demanda la Duchesse en plantant à nouveau petit menton pointu dans son épaule.
– Il me semble avoir le droit de réfléchir, rétorqua sèchement Alice qui commençait à en avoir par-dessus la tête.
– Comme les cochons ont le droit de voler, et la mora... »
Mais là, à la grande surprise d'Alice, la voix de la Duchesse s'évanouit, alors même qu'elle s'apprêtait à dire « morale », son mot favori, tandis que son bras, passé sous celui d'Alice, se mettait à trembler. Alice leva les yeux et vit la Reine qui se tenait devant elles, les bras croisés, et l'air menaçant comme un ciel d'orage.
« Belle journée, votre Majesté ! bredouilla la Duchesse d'une petite voix mal assurée.
– Je vous aurai prévenue, hurla la Reine en tapant rageusement du pied par terre. De deux choses l'une, ou bien vous partez, ou bien c'est votre tête

qui part, et en moins de temps qu'il ne faut pour le dire ! Choisissez ! »

La Duchesse fit son choix et s'esquiva sans demander son reste.

« Reprenons la partie », dit la Reine à Alice qui était trop effrayée pour dire quoi que ce soit.

D'un pas traînant, elle regagna le terrain de croquet à la suite de la souveraine.

Dès qu'ils la virent, les autres joueurs, qui avaient profité de son absence pour allez se reposer à l'ombre, se hâtèrent de reprendre la partie, la Reine se contentant d'observer qu'une seconde de retard leur coûterait la vie.

Tout le temps que dura le jeu, la Reine chercha des noises aux autres joueurs, s'écriant à chaque instant : « Qu'on lui coupe la tête ! » ou bien « Qu'on leur coupe la tête ! » Ceux qu'elle avait ainsi condamnés étaient aussitôt appréhendés par les soldats qui étaient, pour cela, obligés de quitter leur poste, si bien qu'au bout d'une demi-heure environ, il n'y eut plus un seul arceau sur le terrain, ni un seul joueur – à l'exception du Roi, de la Reine et d'Alice – les autres ayant été tous mis aux arrêts et condamnés à la peine capitale.

C'est alors que la Reine, hors d'haleine, déclara forfait, et dit à Alice :

« Avez-vous déjà vu la Fausse Tortue ?

– Non, dit Alice. Je ne sais même pas ce qu'est une Fausse Tortue.

– C'est la Tortue qui entre dans la préparation de la Soupe à la Fausse Tortue.

– Je n'ai jamais vu ni entendu parler d'une telle créature, confirma Alice.

– Venez, dit la Reine. Elle va vous raconter sa véritable histoire. »

Tandis qu'ils s'éloignaient, Alice entendit le Roi murmurer à l'adresse des courtisans :

« Vous êtes tous graciés. »

« Voilà une bonne nouvelle », songea-t-elle, car le nombre d'exécutions ordonnées par la Reine était tout bonnement ahurissant.

Peu après, ils arrivèrent en vue d'un Griffon étendu au soleil et qui dormait à poings fermés. (Si vous ne savez pas à quoi ressemble un Griffon, reportez-vous à l'illustration.)

« Debout, fainéant ! dit la Reine. Emmène cette jeune fille voir la Fausse Tortue pour qu'elle lui raconte sa véritable histoire. Je dois m'en retourner pour assister à quelques exécutions que j'ai ordonnées. »
Elle s'éloigna, laissant Alice et le Griffon en tête à tête. Quoique n'aimant guère l'aspect de cette étrange créature, Alice en vint à la conclusion qu'elle ne courait pas plus de risques en sa compagnie qu'en compagnie de la féroce souveraine. Si bien qu'elle décida de prendre son mal en patience.

Le Griffon se releva et se frotta les yeux. Lorsque la Reine eut disparu à la vue, il se mit à ricaner en disant, à la fois pour lui-même et pour Alice :
« Trop drôle !
– Qu'est-ce qui est drôle ? demanda celle-ci.
– Elle, répondit le Griffon. Tout se passe dans sa tête, savez-vous. Jamais personne est exécuté. Allons, v'nez ! »
« Les gens d'ici passent leur temps à dire « venez ! », pensa Alice, tout en emboîtant lentement le pas au Griffon. Je n'avais encore jamais reçu autant d'ordres ! »

Ils n'avaient parcouru qu'une courte distance quand ils aperçurent au loin la Fausse Tortue, assise sur un rocher, l'air morose et solitaire. Lorsqu'ils s'approchèrent, Alice l'entendit qui soupirait à fendre l'âme et en fut toute retournée.
« Pourquoi est-elle aussi triste ? » demanda-t-elle au Griffon.
Le Griffon lui fit presque la même réponse que précédemment :
« Tout se passe dans sa tête : elle a pas de raison d'êt' triste. V'nez ! »
Ils s'en furent trouver la Fausse Tortue qui fixa sur eux de grands yeux pleins de larmes, mais ne dit rien.
« La jeune demoiselle que v'là, dit le Griffon, aimerait bien que tu lui racontes ta véritab' histoire.
– Je vais la lui raconter, dit la Fausse Tortue d'une voix lugubre et caverneuse. Asseyez-vous, tous les deux, et n'ouvrez plus la bouche jusqu'à ce que j'en aie fini. »
Ils s'assirent donc et personne ne dit mot pendant plusieurs minutes – Alice songeant par-devers elle : « Je ne vois pas comment elle pourrait finir, si elle ne commence jamais. » Cependant, elle attendit patiemment.
« Jadis, reprit enfin la Fausse Tortue en soupirant bruyamment, j'étais une vraie Tortue. »

Ces paroles furent suivies par un très long silence, rompu çà et là par un « Hjckrrh » poussé par le Griffon, et par les gros sanglots de la Fausse Tortue. Alice eut envie de se lever et de dire : « Merci, Madame, pour cette passionnante histoire », mais elle ne pouvait s'empêcher de penser que quelque chose allait forcément suivre, si bien qu'elle se tint coite et attendit.
« Lorsque nous étions petits, enchaîna enfin la Fausse Tortue, plus calmement cette fois, quoiqu'en sanglotant un peu tout de même de temps à autre, nous allions à l'école de la mer. Notre maîtresse était une vieille Tortue – que nous avions surnommée La Testudine.
– Mais pourquoi l'appeliez-vous La Testudine si ce n'en était pas une ? s'étonna Alice.
– Nous l'appelions ainsi, parce que nous étions ses estudiants, dit la Fausse Tortue avec humeur. Ce que vous pouvez être bornée !
– Z'avez pas honte de poser des questions aussi bêtes ! » renchérit le Griffon.

Puis tous deux se turent et regardèrent la pauvre Alice qui aurait voulu disparaître sous terre. Pour finir, le Griffon dit à la Fausse Tortue :
« Allons, du nerf ma vieille ! On va tout de même pas y passer le Réveillon ! »

Et la tortue reprit :
« Nous allions à l'école de la mer, que vous le croyez ou non...
– Je n'ai jamais dit que je ne le croyais pas ! interrompit Alice.
– Si, riposta la Fausse Tortue.
– La ferme ! » ajouta le Griffon sans laisser à Alice le temps d'ouvrir la bouche.
La Fausse Tortue poursuivit :
« Nous reçûmes la meilleure éducation qui soit – en fait, nous avions classe tous les jours.
– Moi aussi, je suis allée à l'école tous les jours, dit Alice. Je ne vois pas ce que cela a d'extraordinaire.
– Aviez-vous des matières en option ? s'enquit la tortue légèrement affolée.
– Oui, répondit Alice. Le français et la musique.
– Et la lessive ? demanda la Fausse Tortue.
– Certainement pas ! s'indigna Alice.
– Ah, dans ce cas, votre école ne valait rien, conclut la Fausse Tortue visiblement soulagée. Et bien, chez nous, au bas de la facture, apparaissait en toutes lettres, français, musique ET LESSIVE, en option.
– Je ne vois pas l'intérêt, vu que vous habitiez au fond de la mer.
– Je n'avais pas les moyens de m'offrir les options, soupira la Fausse Tortue. Je ne suivais que les cours ordinaires.
– Mais encore ? demanda Alice.
– La Becqueture et les Griffures, pour commencer, et ensuite les différentes branches de l'Arithmétique : Ambition, Distraction, Mochification et Dérision.
– Je n'ai jamais entendu parler de « Mochification », se hasarda à dire Alice. Qu'est-ce que c'est ? »
Le Griffon leva ses deux pattes, l'air surpris.
« Hein ! Connaissez pas le verbe mochifier ! Mais embellir, savez ce que ça veut dire au moins ?
– Oui, dit Alice perplexe. Cela veut dire rendre plus beau.
– Dans ce cas, si vous savez pas ce que c'est qu'la Mochification, reprit le Griffon, c'est que vous êtes une belle cruche. »
Ne se sentant guère encouragée à approfondir le sujet, Alice se tourna vers la Fausse Tortue et dit :
« Qu'avez-vous appris d'autre ?
– Glissoire, répondit la Fausse Tortue en comptant

les différentes matières sur ses nageoires. Glissoire ancienne et moderne, et la jet-d'eau-graphie ; le Bassin, le professeur de Bassin était un vieux congre, qui venait une fois par semaine. Il nous enseignait le Bassin au graillon, à l'ancre et à l'enclume.
– Et comment était-ce ? demanda Alice.
– Je ne peux hélas pas vous en faire la démonstration, dit la Fausse Tortue. Je ne suis plus assez agile pour cela. Et le Griffon ne l'a jamais appris.
– Pas eu le temps, dit le Griffon. Moi, j'ai étudié les Classiques. Avec un vieux maître, un fichu vieux Crabe.
– Pas moi, dit la Fausse Tortue en soupirant. Il enseignait le Lapin et le Steak, à ce qu'il paraît.
– Ça tu peux le dire », dit le Griffon en soupirant à son tour.
Les deux créatures se cachèrent le visage dans leurs pattes.
« Et combien d'heures de cours aviez-vous par jour ? dit Alice, s'empressant de changer de sujet.
– Dix heures le premier jour, dit la Fausse Tortue, puis le neuf le lendemain, et ainsi de suite.
– Curieux programme ! s'exclama Alice.
– C'est pour cela qu'on les appelle des cours, observa le Griffon : parce qu'ils raccourcissent de jour en jour. »
C'était une idée nouvelle pour Alice, qui prit le temps d'y réfléchir avant de faire remarquer :
« Mais alors, le onzième jour était férié ?
– Exact, confirma la Fausse Tortue.
– Mais comment faisiez-vous le douzième jour ? s'empressa de demander Alice.
– Assez parlé des cours, coupa le Griffon sur un ton péremptoire. Raconte-z'y plutôt comment se passaient les jeux. »

# CHAPITRE X

## *Le quadrille des Homards*

La Fausse Tortue poussa un gros soupir et s'essuya les yeux d'un revers de nageoire. Elle regarda Alice et essaya de parler, mais sa voix se brisa, étranglée par les sanglots.
« On dirait qu'elle a comme un os coincé en travers du gosier », dit le Griffon.

Et sur ces mots, il se mit à la secouer et à lui donner des tapes dans le dos. Au bout d'une minute ou deux, la Fausse Tortue retrouva sa voix et, les joues ruisselantes de larmes, reprit son récit :
« Peut-être n'avez-vous pas eu souvent l'occasion de séjourner dans la mer (« Jamais », dit Alice), et peut-être n'avez-vous jamais eu l'occasion de faire la connaissance d'un homard… (« Une fois, j'ai goûté… » commença Alice, puis se reprit aussitôt et répondit « Non, jamais »)… de sorte que vous n'avez jamais été initiée à cette chose merveilleuse qu'est le Quadrille des Homards !
– Non, reconnut Alice. De quelle sorte de danse s'agit-il ?
– Ma foi, dit le Griffon, on commence par former un rang sur le rivage...
– Deux rangs ! rectifia la Fausse Tortue. Phoques, tortues, saumons et ainsi de suite. Et quand vous avez enfin réussi à vous débarrasser des méduses…
– Ce qui peut prendre pas mal de temps, interrompit le Griffon.
– … On fait deux pas en avant…
– Avec le homard qu'on a choisi comme partenaire ! s'écria le Griffon.
– Naturellement, confirma la Fausse Tortue. On fait deux pas en avant vers son partenaire…
– … on change de homard, et on fait deux pas en arrière, poursuivit le Griffon.
– Après quoi, reprit la Fausse Tortue, on lance…
– Les homards ! cria le Griffon en faisant un bond dans les airs.
– … aussi loin que possible dans la mer…
– Et on les suit à la nage ! hurla le Griffon.
– On exécute un saut périlleux dans la mer ! s'exclama la Fausse Tortue en pirouettant comme une toupie.
– Puis de retour sur la terre ferme, on reprend tout à la première figure », dit la Fausse Tortue en baissant brusquement le ton.
Les deux créatures, qui jusque-là n'avaient cessé de frétiller et de se trémousser en tous sens, se rassirent à nouveau, l'air abattu, et regardèrent Alice en silence.

« Ce doit être une bien jolie danse, dit-elle timidement.
– Voulez-vous une petite démonstration ? demanda la Fausse Tortue.
– Volontiers, répondit Alice.
– Viens, nous allons exécuter la première figure ! dit la Fausse Tortue au Griffon. On peut très bien se passer des homards, vous savez. Mais qui va chanter la chanson ?

– Toi, dit le Griffon. Moi, j'ai oublié les paroles. »
Avec beaucoup de solennité, ils se mirent à danser autour d'Alice, en lui écrasant les orteils lorsqu'ils s'approchaient d'un peu trop près. Ils battaient la mesure avec leurs pattes, tandis que la Fausse Tortue chantait d'une voix traînante et lugubre :

*Le colin demanda au bulot :*
*« Pourriez-vous vous presser un peu ?*
*Il y a un marsouin dans mon dos,*
*et il me marche sur la queue.*
*Voyez ! alignés sur la grève, homards et tortues qui s'avancent !*
*Que diriez-vous, mon cher ami, de faire un petit pas de danse ?*

*Ferez-vous, oui, oui, oui, ferez-vous, non, non, non,*
*ferez-vous un petit pas de danse ?*
*Ferez-vous, oui, oui, oui, ferez-vous, non, non, non,*
*ferez-vous un petit pas de danse ?*

*« Le grand moment, dit le colin, c'est quand elles nous jettent à l'eau,*
*Et qu'à la suite des homards, tous les danseurs fendent les flots ! »*
*« C'est trop loin ! » gémit le bulot, au bord de la défaillance*
*Et sur ce refusa poliment de participer à la danse.*

*J'voudrais bien, oui, oui, oui, mais peux pas non, non, non, je peux pas faire un pas de danse.*

*« Nul besoin de nager longtemps »*
*argua le colin gentiment.*
*Une autre rive nous attend*
*à quelques brasses seulement.*
*Plus on s'éloigne de l'Angleterre,*
*plus on se rapproche de la France.*
*Prenez courage, bulot très cher,*
*et joignez-vous à la danse.*

*Ferez-vous, oui, oui, oui, ferez-vous, non, non, non,*
*ferez-vous un petit pas de danse ?*
*Ferez-vous, oui, oui, oui, ferez-vous, non, non, non,*
*ferez-vous un petit pas de danse ?*

« Merci, c'est une danse tout à fait passionnante à regarder, dit Alice qui était bien aise que cela soit fini. J'ai beaucoup aimé la chanson du colin !
– Oh, à propos du colin, dit la Fausse Tortue, j'imagine que vous en avez déjà vu ?
– Oui, répondit Alice. J'en ai souvent vu au dîn… »
Puis elle se tut abruptement.
« J'ignore où se trouve le Dîn, repartit la Fausse Tortue, mais puisque vous en avez vu si souvent, vous savez à quoi ils ressemblent.
– Je le crois, en effet, répondit Alice songeuse. Ils tiennent leur queue dans leur gueule et sont couverts de chapelure.
– Pour ce qui est de la chapelure, vous vous trompez, dit la Fausse Tortue. Les miettes de pain se dilueraient au contact de l'eau. Mais ils tiennent effectivement leur queue dans leur gueule. Et la raison à cela en est… »
Ici, la Fausse Tortue se mit à bâiller et ferma les yeux.

« Dis-lui pourquoi, fit-elle au Griffon.
– La raison en est, dit le Griffon, qu'y z'adorent danser avec les homards. Et donc, forcément, ils sont j'tés à la mer. Et pour pouvoir être j'tés le plus loin possib, y' prennent leur queue dans leur gueule et la tiennent si fermement ent' leurs mâchoires qu'ils peuvent plus l'en ôter ensuite. C'est pas plus compliqué qu'ça.

– Merci, dit Alice, c'est très intéressant. J'ignorais ce détail concernant les colins.
– Et c'est pas tout, reprit le Griffon. Vous savez pourquoi qu'on les appelle aussi les merlans noirs ?
– Je n'ai jamais réfléchi à la question, répondit Alice. Pourquoi ?
– Parce qu'y' servent à noircir les bottes », déclara le Griffon d'un ton docte.
Alice n'en revenait pas.
« Ils servent à noircir les bottes ! répéta-t-elle stupéfaite.
– Eh, pardi, avec quoi z'imaginez qu'on cire vos chaussures et qu'on les fait briller ? » dit le Griffon.
Alice baissa les yeux et considéra un instant ses souliers en silence avant de répondre :
« Avec du noir à chaussures, je suppose.
– Au fond de la mer, reprit le Griffon d'une voix profonde, on cire les bottes avec du merlan noir.
– Mais quelle sorte de bottes ? demanda Alice avec une immense curiosité.
– Des bottes de chenal, bien sûr, à talons anguilles. N'importe quel mulet pourrait vous le dire.
– Si j'avais été à la place du colin, dit Alice dont les pensées étaient encore absorbées par la chanson, j'aurais dit au loup de mer, « Arrière, je vous prie, on ne veut pas de vous sur nos talons ! »
– Il fallait pourtant bien qu'il le tolère, dit la Fausse Tortue, comme tout poisson bien avisé.
– Vraiment ? dit Alice grandement surprise.
– Mais bien sûr, dit la Fausse Tortue. Si un poisson venait à moi et me disait qu'il s'apprête à partir en voyage, je lui dirais :

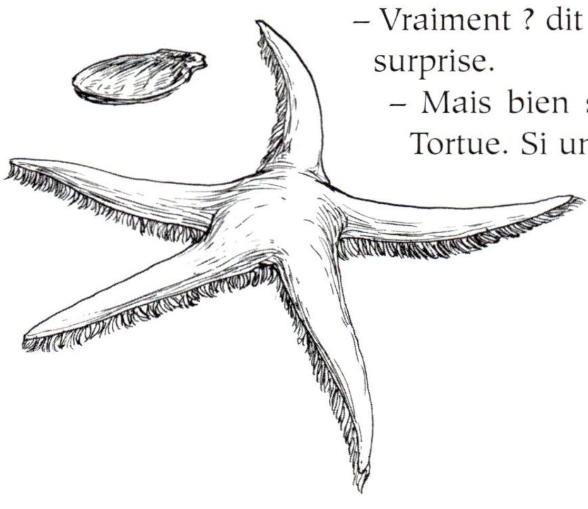

« n'oublie pas d'emmener un vieux loup de mer avec toi pour te guider. »
– Que voulez-vous dire par là ? s'enquit Alice.
– Je veux dire ce que je dis », rétorqua la Fausse Tortue, irritée.
Le Griffon ajouta :
« Et maintenant, si vous nous racontiez vos aventures, pour changer.
– Je pourrais vous raconter mes aventures à partir de ce matin, dit Alice d'une voix timide. Mais pas à partir d'hier, car alors j'étais une autre personne.
– Expliquez-vous, dit la Fausse Tortue.
– Non, non ! D'abord les aventures, dit le Griffon agacé. Les explications prennent trop de temps. »

Si bien qu'Alice commença à raconter ses aventures depuis le moment où elle avait vu le Lapin Blanc pour la première fois. Au début, elle se sentait un peu mal à l'aise de devoir parler à ces deux créatures qui se serraient contre elle, une de chaque côté, et ouvraient tout grand leurs yeux et leurs gueules, mais peu à peu elle prit de l'assurance. Son auditoire se tint parfaitement silencieux, jusqu'à ce qu'elle en vienne à l'épisode où elle récitait « *Vous êtes vieux, Père William* » au Chenillon, dans une version complètement erronée. La Fausse Tortue inspira longuement et dit :
« Comme c'est curieux.
– Très curieux, en effet, dit le Griffon.
– Les mots n'étaient plus du tout les mêmes ! répéta la Fausse Tortue, perplexe. J'aimerais bien l'entendre réciter autre chose. Donne-lui le signal, dit-elle au Griffon, comme si ce dernier avait eu une quelconque autorité sur Alice.
– Levez-vous, et récitez, C'est *la Voix du Fainéant*, ordonna le Griffon.

« Cette manie qu'ont toutes ces créatures de vous faire réciter vos leçons ! » songea Alice. « Je pourrais aussi bien être à l'école . »
Cependant elle se leva et commença à réciter, mais elle avait encore la tête pleine du *Quadrille des Homards* et les mots qu'elle prononçait lui semblaient bien étranges :

*C'est la voix du homard,*
*je l'entends qui déclare :*
*« Vous m'avez fait trop cuire, ma barbe il faut sucrer. »*
*Comme le fait un canard avec ses paupières,*
*Il se sert de son nez pour boucler sa ceinture,*
*écarter ses orteils, boutonner sa vêture.*
*Quand le sable est tout sec,*
*il rit comme un aztèque*
*Sa gaussant du requin qu'au loin la mer emporte.*
*Mais quand la marée monte, ramenant le requin,*
*Sa voix devient tremblante comme celle d'un cloporte. »*

« C'est pas la version que j'ai apprise quand j'étais petit, fit remarquer le Griffon.
– Pour ma part, je ne l'avais encore jamais entendue, déclara la Fausse Tortue, mais ça m'a tout l'air d'un fameux charabia. »
Alice ne dit rien. Assise, le visage dans les mains, elle se demandait si les choses allaient un jour redevenir normales.
« J'aimerais que vous me l'expliquiez, dit la Fausse Tortue.
– Elle peut pas l'expliquer, s'empressa de répondre le Griffon. Allons, continuez. Deuxième strophe.
– Mais qu'en est-il de ses orteils ? insista la Fausse Tortue. Comment peut-il les écarter avec son nez ?
– C'est la première position des danseuses,

répondit Alice, bien qu'elle fût extrêmement troublée par tout ce qui se passait et aurait préféré changer de sujet.
– Allons, la strophe suivante, répéta le Griffon qui s'impatientait. Cela commence avec : « Comme je passais en son jardin ».
Alice qui n'osait pas désobéir, bien qu'elle fût certaine que tout allait sortir de travers, reprit sa récitation d'une voix tremblante :

*Comme je passais en son jardin,*
*Je vis de mes yeux le hibou*
*Attablé avec la panthère,*
*Et dégustant une tourtière.*
*La panthère mangea la croûte,*
*Le fond et la garniture,*
*Laissant généreusement le plat*
*Au hibou pour toute pâture.*
*Quand la tarte fut finie,*
*Le fauve, grand seigneur, offrit*
*La cuillère à son invité,*
*Puis prenant couteau et fourchette*
*Acheva son déjeuner…*

« À quoi bon réciter cette fable, interrompit la Fausse Tortue, si vous ne l'expliquez pas au fur et à mesure ? J'ai rarement entendu poésie plus abracadabrante !
– Ouais, feriez mieux d'arrêter », dit le Griffon au grand soulagement d'Alice. Puis il suggéra : « Si on essayait une aut' figure du Quadrille des Homards ? Ou vous préférez p'têt' qu' la Fausse Tortue chante une chanson ?
– Oh, oui, une chanson, si la Fausse Tortue veut bien se donner la peine, répondit Alice avec un tel enthousiasme que le Griffon répliqua, l'air offensé :
– Hmm ! Les goûts et les couleurs ! Chante-lui donc La Soupe à la Tortue, veux-tu, ma vieille ? »
La Fausse Tortue poussa un profond soupir, et entama, avec des trémolos dans la voix :

*Sooooupe d'un beau vert bleuté,*
*Onctueux et fumant velouté !*
*Qui dédaignerait une louche*
*D'aussi fin et goûteux nectar ?*
*Sooooupe, ô ma sooooupe du soir !*
*Sooooupe, ô ma soooupe du soir !*

*Sooooupe sublime, reine des mets :*
*Poisson, gibier, entrées, desserts !*
*Pour goûter une seule cuillère*
*Que ne feraient pas les gourmets !*
*Sooooupe, ô ma sooooupe du soir !*
*Sooooupe, ô ma sooooupe du soir !*

« Refrain ! » cria le Griffon.
La Fausse Tortue venait juste d'entamer à nouveau le refrain quand un cri leur parvint dans la distance :
« Le procès va commencer !
– V'nez ! » ordonna le Griffon en prenant Alice par la main.
Puis il se mit à détaler sans attendre la fin de la chanson.
« De quel procès s'agit-il ? » demanda Alice, hors d'haleine.
Mais le Griffon se contenta de répéter :
« V'nez ! »
Et il se mit à courir de plus belle, tandis que leur parvenait, porté par le vent, le refrain mélancolique :

*Sooooupe, ô ma sooooupe du soir !*

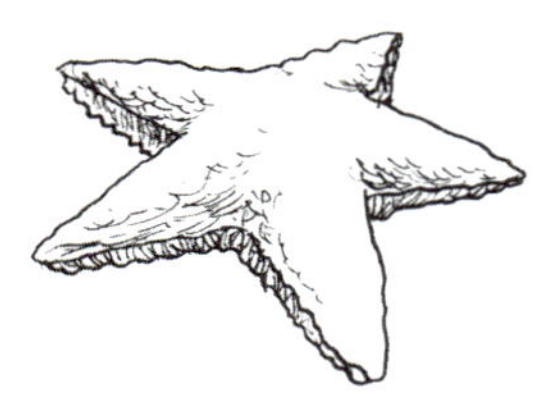

# CHAPITRE XI

## *Qui a volé les tartes ?*

Le Roi et la Reine de Cœur siégeaient sur leur trône avec, autour d'eux, toute une foule de petites bêtes à plumes et à poils, ainsi que le jeu de cartes réuni au grand complet. Le Valet enchaîné se tenait devant eux, encadré par deux soldats.

Près du Roi se trouvait le Lapin Blanc, une trompette dans une main et un parchemin dans l'autre. On avait dressé une table au centre de la salle, sur laquelle reposait un grand plateau couvert de tartes. Elles avaient l'air si délicieuses qu'Alice sentit l'eau lui venir à la bouche « Vivement qu'on en finisse avec le procès et qu'on serve les rafraîchissements ! », songea-t-elle. Mais comme la chose était peu probable, elle se mit à regarder autour d'elle pour passer le temps.
Bien que n'ayant jamais mis les pieds dans un prétoire, Alice avait lu des livres à ce sujet, et fut ravie de constater qu'elle pouvait mettre un nom sur chaque chose.
« Ça, c'est le juge, avec sa grosse perruque », songea-t-elle.
Le juge, soit dit en passant, n'était autre que le Roi qui portait sa couronne par-dessus sa volumineuse chevelure (jetez donc un coup d'œil au frontispice si vous voulez voir à quoi il ressemblait.) Il semblait plutôt mal à l'aise et n'avait rien de majestueux.
« Et ici, c'est le banc du jury, songea-t-elle, de sorte que ces douze créatures (elle ne pouvait pas les appeler autrement étant donné que certains étaient des mammifères et d'autres des oiseaux), doivent être les jurés. »
Elle se répéta deux ou trois fois ce dernier mot avec une certaine fierté, car elle pensait, à juste titre d'ailleurs, que les petites filles de son âge qui connaissaient sa signification ne devaient pas être nombreuses – même si « membres du jury » aurait pu aussi bien convenir.
Les douze jurés étaient tous occupés à griffonner sur des ardoises.
« Que font-ils ? murmura-t-elle dans l'oreille du Griffon. Ils ne peuvent pas déjà être en train de rendre leur verdict alors que le procès n'a même pas commencé.
– Y z'écrivent leurs noms, expliqua le Griffon à voix basse. Des fois qu'ils l'oublieraient avant la fin du procès.
– Faut-il qu'ils soient idiots ! » s'indigna Alice à voix haute, puis se tut aussitôt, car le Lapin Blanc avait pris la parole :
« Silence dans le prétoire ! »

Le Roi chaussa ses lunettes et balaya la foule d'un regard anxieux pour voir qui parlait.
Aussi clairement que si elle avait regardé par-dessus leurs épaules, Alice vit que les jurés étaient en train d'écrire « Sombres crétins ! » sur leurs ardoises. Il y en avait même un, qui ne sachant pas épeler « crétin », dut demander de l'aide à son voisin. « Quel gâchis ! songea-t-elle. Je n'ose pas imaginer à quoi ressembleront leurs ardoises quand le procès sera terminé ! »

L'un des jurés avait un crayon qui grinçait. Excédée, Alice fit le tour du tribunal et alla se placer derrière le fauteur de trouble. Dès que l'occasion se présenta, elle lui chipa sa craie. Elle fut si rapide que le pauvre petit juré (qui se trouvait être Bill, le Lézard) ne comprit pas ce qui lui arrivait. Après avoir cherché partout où elle était passée, il n'eut d'autre choix que de continuer à écrire en se servant de son doigt ; en pure perte, naturellement, car son doigt ne laissait pas de trace sur l'ardoise.

« Héraut ! cria le Roi. Lisez l'acte d'accusation ! »

Le Lapin Blanc fit sonner trois fois sa trompette, puis déroula le parchemin et commença à lire :

*« La Reine de Cœur a fait des tartes,*
*par un beau jour d'été ;*
*Le Valet de Cœur les a volées,*
*et les a emportées ! »*

« Rendez votre verdict, dit le Roi en s'adressant au jury.

– Pas tout de suite ! Pas tout de suite ! intervint promptement le Lapin. Il y a encore beaucoup à faire avant cela !

– Faites entrer le premier témoin », ordonna le Roi.

Le Lapin Blanc souffla trois fois dans sa trompette puis appela :

« Premier témoin ! »

Le premier témoin était le Chapelier. Il entra avec une tasse de thé dans une main et une tartine de pain beurré dans l'autre.

« Je prie sa Majesté de m'excuser d'avoir apporté ces choses avec moi, dit-il, mais je n'avais pas tout à fait fini de prendre mon thé quand j'ai été convoqué.

– Vous auriez dû l'avoir fini pourtant, dit le Roi. Quand l'avez-vous commencé ? »

Le Chapelier regarda le Lièvre de Mars qui l'avait accompagné au tribunal, ainsi que le Loir.

« Le quatorze mars, si j'ai bonne mémoire, répondit-il.

– Le quinze, rectifia le Lièvre de Mars.

– Le seize, ajouta le Loir.

– Prenez note », dit le Roi aux jurés, et ceux-ci s'empressèrent de noter les trois dates sur leurs ardoises. Après quoi ils les additionnèrent, puis convertirent la somme ainsi obtenue en shillings et en pence.
« Ôtez votre chapeau, dit le Roi au Chapelier.
– Il n'est pas à moi, dit le Chapelier.
– Volé ! s'écria le Roi en se tournant vers les jurés qui prirent aussitôt note.
– Il fait partie de mon stock, s'expliqua le Chapelier. Je n'en possède aucun en propre. Je suis chapelier. »

Ici, la Reine chaussa ses lunettes et fixa longuement le Chapelier qui se mit à pâlir et à se tortiller comme un ver.
« Eh bien, donnez-nous des preuves, dit le Roi. Et cessez de vous agiter ainsi, sinon je vous fais exécuter sur-le-champ. »
Cette dernière remarque n'aida pas le témoin à se tranquilliser : il se mit à sautiller nerveusement d'un pied sur l'autre en jetant vers la Reine des regards affolés. Il était tellement troublé qu'il mordit dans sa tasse dont il cassa un gros morceau au lieu de mordre dans sa tartine de pain beurré.
Au même instant, Alice fut prise d'une étrange sensation qui la laissa songeuse jusqu'à ce qu'elle réalise qu'elle était à nouveau en train de grandir. Sa première pensée fut de se lever et de quitter le tribunal ; puis elle se ravisa et décida de rester tant que la salle pourrait la contenir.
« Pourriez-vous vous écarter un peu, lui dit le Loir qui était assis à ses côtés. Je peux à peine respirer.
– Je n'y peux rien, dit Alice d'une petite voix contrite. Je suis en train de grandir.
– Vous n'avez pas le droit de grandir ici, protesta le Loir.
– Cessez de dire n'importe quoi, dit Alice sur un ton plus assuré cette fois. Vous aussi vous grandissez.
– Oui, mais, moi, je grandis à un rythme raisonnable, rétorqua le Loir. Et non pas à cette allure ridicule. »
Il se leva en bougonnant et partit s'installer de l'autre côté du prétoire.

Durant tout ce temps, la Reine n'avait cessé de regarder fixement le Chapelier. Juste au moment où le Loir traversait la salle, elle dit à l'un des huissiers :
« Apportez-moi la liste des chanteurs qui se sont produits au dernier concert ! »
À ces mots, le malheureux Chapelier se mit à trembler si fort qu'il en perdit ses souliers.
« Des preuves, répéta le Roi courroucé. Sinon, anxieux ou pas, je vous fais exécuter.
– Je ne suis qu'un pauvre homme, plaida le Chapelier d'une voix chevrotante, et il n'y a guère plus d'une semaine, quand j'ai commencé à prendre mon thé – sans parler du pain et du beurre qui ne cessent de diminuer – et que le thé s'est mis à tintinnabuler...
– Qu'est-ce qui s'est mis à tintinnabuler ? demanda le Roi.
– Ça a commencé par le thé, répondit le Chapelier.
– Je sais que ça commence par un T ! repartit le Roi sèchement. Me prendriez-vous pour un imbécile ? Poursuivez !
– Je ne suis qu'un pauvre homme, reprit le Chapelier, et la plupart des choses se sont mises à tintinnabuler depuis – sauf que le Lièvre de Mars a dit...
– Je n'ai rien dit, interrompit vivement le Lièvre de Mars.

– Si, vous l'avez dit ! contra le Chapelier.
– Je nie catégoriquement ! démentit le Lièvre de Mars.
– Il nie catégoriquement, dit le Roi. Nous passerons donc outre.
– En tout cas, le Loir a dit... poursuivit le Chapelier en promenant un regard inquiet sur l'auditoire, de crainte que le Loir ne se mette à nier lui aussi. Mais ce dernier était profondément endormi.
– Après quoi, enchaîna le Chapelier, j'ai coupé d'autres tartines de pain beurré.
– Mais qu'a dit le Loir ? demanda un juré.
– Je ne m'en souviens plus, dit le Chapelier.
– Il faut vous en souvenir, fit remarquer le Roi, sans quoi vous serez exécuté.
Lâchant sa tasse et sa tartine de beurre, l'infortuné Chapelier posa un genou à terre et plaida :
– Je ne suis qu'un pauvre homme, Majesté.
– Et un piètre orateur, observa le Roi.

À ces mots, un cochon d'Inde se mit à applaudir bruyamment. Il fut immédiatement muselé par les huissiers. (Ce mot étant assez fort, je vais vous expliquer comment ils procédèrent. Ils avaient avec eux un grand sac de toile dont l'ouverture était fermée par un cordon. Ils fourrèrent le cochon d'Inde à l'intérieur, tête la première, puis s'assirent dessus.)
« Je suis contente d'avoir pu le voir de mes yeux, songea Alice. J'ai si souvent lu dans les journaux, à la fin des procès, « Quelques membres de l'auditoire tentèrent d'applaudir, mais ils furent aussitôt muselés par les huissiers », sans comprendre comment cela se passait. »
« Si vous n'avez rien d'autre à ajouter, vous pouvez vous incliner, poursuivit le Roi.
– Je ne saurais aller plus bas, dit le Chapelier, étant donné que je suis déjà à ras de terre.
– Dans ce cas, vous pouvez vous asseoir », dit le Roi.
Là, un autre cochon d'Inde tenta d'applaudir et fut muselé.
« Nous voilà enfin débarrassés des cochons d'Inde ! songea Alice. À présent, tout devrait rentrer dans l'ordre. »
« Je préférerais finir mon thé, dit le Chapelier en jetant un regard inquiet vers la Reine qui était en train de lire la liste des chanteurs.
– Vous pouvez partir, dit le Roi, et le Chapelier sortit avec une telle hâte qu'il ne prit même pas le temps d'enfiler ses chaussures.
– ... et coupez-lui la tête quand il sera dehors », ajouta la Reine à l'adresse de l'un des huissiers.
Mais le temps que l'huissier ait réussi à gagner la sortie, le Chapelier était déjà loin.
« Témoin suivant ! » cria le Roi.
Le témoin suivant était la cuisinière de la Duchesse. Elle tenait son moulin à poivre à la main, et Alice devina qui elle était avant même qu'elle ne fût entrée dans la salle, car tous les gens qui se trouvaient près de la porte s'étaient mis à éternuer.
« Nous vous écoutons, dit le Roi.
– Rien à dire », répondit la cuisinière.
Le Roi lança un regard anxieux au Lapin Blanc, qui dit à voix basse :
« Votre Majesté doit interroger le témoin.
– S'il le faut, je le ferai », soupira le Roi.
Croisant les bras, il fronça si fort les sourcils que ses yeux semblaient avoir disparu, puis demanda à la cuisinière d'une voix sombre :
« Avec quoi fait-on les tartes ?
– Avec du poivre, principalement, dit la cuisinière.
– De la mélasse, proféra une voix endormie derrière elle.

– Colletez ce Loir, hurla la Reine. Et coupez-lui la tête ! Sortez-le du prétoire ! Muselez-le ! Pincez-le ! Arrachez-lui les moustaches ! »
Il s'ensuivit une certaine confusion qui dura jusqu'à ce qu'on ait entraîné le Loir hors du tribunal. Quand l'ordre fut enfin revenu, on s'aperçut que la cuisinière avait disparu.
« Peu importe ! déclara le Roi, visiblement soulagé. Faites entrer le témoin suivant. »
Puis il ajouta à mi-voix à l'adresse de la Reine : « Cette fois, ma chère, c'est à vous de mener le contre-interrogatoire. J'ai un de ces mal de tête ! »
Tandis que le Lapin Blanc consultait sa liste, Alice ne le quittait pas des yeux, impatiente de savoir à quoi ressemblerait le prochain témoin. « Car ils n'ont pas réuni beaucoup de preuves, jusqu'à présent », songea-t-elle. Aussi, quelle ne fut sa surprise lorsqu'elle entendit la petite voix stridente du Lapin Blanc appeler « Alice !»

# CHAPITRE XII

## *La déposition d'Alice*

« Présente ! » s'écria Alice, tellement troublée par les récents événements qu'elle en oublia combien elle avait grandi en l'espace de quelques minutes.
Elle se leva si précipitamment que le bas de sa jupe balaya le banc des jurés qui basculèrent, tombant la tête la première sur les gens qui se trouvaient en dessous. En les voyant s'agiter en tous sens pour tenter de se dégager, elle se rappela le bocal de poissons rouges qu'elle avait accidentellement renversé une semaine plus tôt.

« Oh, je suis désolée ! » s'excusa-t-elle en s'empressant de ramasser les jurés, car elle avait encore très présent à l'esprit l'incident du bocal, et comme une vague idée qu'ils mourraient s'ils n'étaient pas remis à leur place dans les plus brefs délais.
« L'audience est suspendue, déclara le Roi d'une voix solennelle, jusqu'à ce que Messieurs les jurés aient repris leur place sur le banc. TOUS, sans exception », insista-t-il en dardant un œil furibond sur Alice.
Alice regarda le banc des jurés et constata que, dans sa précipitation, elle avait replacé le lézard tête en bas. La pauvre petite créature agitait mélancoliquement sa queue dans les airs, incapable de changer de posture. Elle s'empressa de le remettre à l'endroit, tout en songeant à part soi : « Comme si cela allait changer quoi que ce soit à un procès qui n'a de toute façon ni queue ni tête. »
Dès que les membres du jury eurent repris leurs esprits et retrouvé ardoises et crayons, ils se mirent en devoir de consigner par écrit les circonstances de l'accident, à l'exception du lézard, visiblement trop ébranlé pour pouvoir faire autre chose que contempler le plafond la bouche ouverte.
« Que savez-vous de cette affaire ? demanda le Roi à Alice.
– Rien, répondit-elle.
– Rien DU TOUT ? insista le Roi.
– Rien du tout, confirma Alice.
– C'est très signifiant », dit le Roi en s'adressant au jury.
Ils venaient juste de commencer à en prendre note sur leurs ardoises, quand le Lapin Blanc intervint.
« Votre Majesté veut dire « insignifiant », naturellement », fit-il observer très respectueusement, quoiqu'en tordant son nez et en faisant toutes sortes de grimaces.
« Insignifiant, bien sûr, c'est ce que je voulais dire », se hâta de rectifier le Roi, tout en continuant de marmonner dans sa barbe : « signifiant-insignifiant-signifiant-insignifiant », comme s'il cherchait à savoir lequel des deux sonnaient le mieux.
Certains membres du jury avaient noté « signifiant » et d'autres « insignifiant », constata Alice qui se tenait suffisamment près pour pouvoir lire ce qu'ils écrivaient sur leurs ardoises. « Comme si cela avait la moindre importance » médita-t-elle.

Au même moment, le Roi, qui depuis quelques instants, était en train d'écrire fébrilement dans son calepin, s'écria :
« Silence ! » Puis il lut à voix haute : « Article quarante-deuxième du règlement. TOUTE PERSONNE MESURANT PLUS DE MILLE CINQ CENTS MÈTRES DE HAUT DEVRA QUITTER LE TRIBUNAL. »

Tous les regards se portèrent sur Alice.
« Je ne mesure pas mille cinq cents mètres, protesta-t-elle.
– Si, dit le Roi.
– Vous en mesurez presque trois mille, renchérit la Reine.
– Je ne partirai pas, s'entêta Alice. Cet article ne figure pas dans le règlement ; vous venez de l'inventer.
– C'est le plus vieil article de notre Constitution, dit le Roi.
– Dans ce cas, ce devrait être le numéro un », observa Alice.
Livide, le Roi referma prestement son calepin.
« Le moment est venu de délibérer, dit-il au jury d'une voix grave et tremblante.
– Mais il y a d'autres pièces à conviction, s'il plaît à votre Majesté, dit le Lapin Blanc en bondissant avec empressement. Cette lettre vient de nous être apportée.
– Et que contient-elle ? demanda la Reine.
– Je ne l'ai pas encore ouverte, dit le Lapin Blanc, mais il semblerait qu'elle ait été adressée par le prévenu à… à quelqu'un.
– C'est probable, dit le Roi, à moins qu'elle n'ait été adressée à personne, ce qui serait pour le moins étrange.
– Et à qui est-elle adressée ? demanda l'un des membres du jury.
– À personne, dit le Lapin Blanc. En fait, elle ne comporte aucune adresse.
Ce disant, il déplia la feuille, puis ajouta :
« Ce n'est pas une lettre, en fin de compte, mais une suite de vers.
– Ont-ils été rédigés de la main du prévenu ? demanda un autre juré.
– Non, et c'est bien là ce qui pose problème, répondit le Lapin Blanc.
(Le jury eut l'air perplexe.)
– Dans ce cas, il aura imité l'écriture de quelqu'un d'autre, conclut le Roi.
(Le jury s'anima.)
– S'il vous plaît, Majesté, dit le Valet. Je ne l'ai pas écrite et j'en veux pour preuve que le papier ne porte aucune signature.
– Si vous ne l'avez pas signé, déclara le Roi, c'est encore pire. Car cela signifie que vous maniganciez quelque chose, sans quoi vous y auriez apposé votre nom, comme l'aurait fait tout honnête homme. »

Cette remarque fut accueillie par un applaudissement général : c'était la première chose sensée que le monarque disait ce jour-là.
« Cela prouve sa culpabilité, dit la Reine.
– Cela ne prouve rien du tout ! s'écria Alice. Vous ne savez même pas de quoi il retourne !
– Lisez », ordonna le Roi.

Le Lapin Blanc mit ses lunettes.
« Où dois-je commencer, Majesté ?
– Commencez au début, prononça le roi, l'air grave, puis continuez jusqu'à la fin et arrêtez-vous. »

Voici les vers que lut le Lapin Blanc :

*On m'a dit que vous étiez allé la voir,*
*Et qu'à lui vous aviez parlé de moi :*
*Elle brossa de moi un portrait flatteur*
*Bien qu'elle me tienne pour un piètre nageur*

*Il leur a fait savoir que je n'avais pas filé*
*(C'est un fait certain, comme vous le savez)*
*Mais si elle s'entêtait malgré tout*
*Qu'adviendra-t-il de vous ?*

*Elle en eut une de ma part, et lui deux de la leur*
*Vous nous en avez donné trois ou plus*
*Qui toutes furent renvoyées à l'expéditeur,*
*Bien qu'elles m'aient appartenu.*

*Si d'aventure, nous étions, elle ou moi,*
*Impliqués dans cette combine*
*Il compte sur vous pour les lui rendre*
*Dans leur état d'origine.*

*À ses yeux, je crois, vous étiez*
*(Avant qu'elle n'ait tout dérangé)*
*Comme un obstacle qui se dresse*
*Entre lui, nous, et le reste.*

*Ce sont eux qu'elle préfère, mais chut !*
*Car c'est un secret absolu*
*Qui doit être caché à tous*
*Et rester entre moi et vous.*

« Il s'agit là de la pièce à conviction la plus importante que nous ayons entendue jusqu'ici, dit le Roi en se frottant les mains. À présent, laissons le jury...
– Celui qui réussira à expliquer ce texte, dit Alice, qui avait tellement grandi en l'espace de quelques

minutes qu'elle ne craignait plus de lui couper la parole, je veux bien lui donner six pence. Car d'après moi, ce texte n'a rigoureusement aucun sens. »

Le jury nota dûment « Elle pense que ce texte n'a rigoureusement aucun sens », mais aucun des jurés ne chercha à l'expliquer.

« Eh bien, s'il n'a aucun sens, dit le Roi, c'est tant mieux, car cela nous évitera de nous creuser la tête pour rien. Mais tout de même… ajouta-t-il en étalant la feuille sur ses genoux et en parcourant le texte d'un œil ; il me semble y déceler du sens, malgré tout. Me tienne pour un piètre nageur… Vous ne savez pas nager, si ? » dit-il en se tournant vers le Valet.

Le Valet secoua la tête tristement.

« Ai-je l'air de quelqu'un qui sait nager ? dit-il. (Ce qui était une évidence, étant donné qu'il était fait de carton.)

– Très bien, dit le Roi, qui recommença à lire le poème en marmonnant dans sa barbe : C'est un fait certain comme vous le savez. Il s'adresse au jury, naturellement… Elle en eut une de ma part, et lui deux de la leur... C'est ce qu'il a fait avec les tartes, voyez-vous...

– Mais la suite dit : « qui furent toutes renvoyées à l'expéditeur », coupa Alice.

– Pardi, mais bien sûr ! s'exclama le Roi l'air triomphant, en désignant les tartes posées sur la table. Tout est limpide à présent. Cependant… Avant qu'elle n'ait tout dérangé… Vous n'avez jamais rien dérangé, ma chère, n'est-ce pas ? dit-il à la Reine.

– Jamais ! » répondit la Reine, furieuse, en jetant un encrier à la tête du lézard.

(Le pauvre petit Bill, constatant que son doigt ne laissait pas de trace sur son ardoise, avait cessé d'écrire ; mais il reprit aussitôt sa tâche, en trempant son doigt dans l'encre qui lui dégoulinait sur la figure.)

« Dans ce cas, ces mots ne conviennent pas », dit le Roi, ravi, en promenant un regard circulaire sur l'auditoire.

Il y eut un silence de mort.

« C'est un jeu de mots ! ajouta le roi d'un ton offensé, et tout le monde éclata de rire.

– Que le jury rende son verdict, dit le Roi pour la vingtième fois ce jour-là.

– Non, non ! dit la Reine. La sentence d'abord, le verdict ensuite.

– N'importe quoi ! s'écria Alice tout fort. A-t-on jamais vu prononcer la sentence d'abord !

– Tenez votre langue ! dit la Reine, cramoisie.

– Pas question ! rétorqua Alice.

– Coupez-lui la tête ! » hurla la Reine de toutes ses forces.

Personne ne bougea.

« Qui pourrait vous faire cas ? dit Alice qui avait repris sa taille normale entre-temps. Vous n'êtes rien de plus qu'un jeu de cartes ! »

À ces mots, tout le paquet de cartes s'élança dans les airs et s'abattit en pluie sur elle : elle poussa un petit cri, mi-apeuré mi-rageur, en essayant de les repousser, et se retrouva allongée sur le talus, avec sa tête posée sur les genoux de sa sœur qui était en train d'ôter délicatement de son visage des feuilles mortes tombées des arbres.

« Réveille-toi, Alice, ma douce ! lui dit sa sœur. Tu as fait un gros somme, dis donc !

– Oh, j'ai fait un rêve tellement étrange ! » dit Alice.

Puis elle raconta à sa sœur, autant qu'elle s'en souvenait, toutes les étonnantes aventures que

vous venez de lire. Quand elle eut fini, sa sœur l'embrassa et lui dit :
« C'était un rêve étrange, en effet. Mais maintenant, tu ferais mieux de filer prendre ton thé. Il se fait tard. »
À ces mots, Alice se leva et partit à toutes jambes. Tout en courant aussi vite qu'elle le pouvait, elle songeait au rêve extraordinaire qu'elle venait de faire.
Mais sa sœur resta assise sans bouger là où elle l'avait laissée, la tête appuyée sur une main. Elle contemplait le soleil couchant en songeant à la petite Alice et à ses merveilleuses aventures quand, au bout d'un moment, elle se mit elle aussi à rêver. Voici ce qu'elle rêva :
D'abord, elle rêva de la petite Alice : elle revit ses petites mains jointes sur ses genoux et ses yeux pétillants et vifs plongés dans les siens. Elle entendait sa voix aussi clairement que si elle lui avait parlé, et la voyait secouer la tête pour rejeter en arrière ses cheveux qui lui tombaient sans arrêt devant les yeux. Et tandis qu'elle écoutait, ou faisait mine d'écouter, le monde autour d'elle se mit à s'animer et se peupler de tous les étranges personnages du rêve de sa petite sœur.

L'herbe haute se mit à frémir tandis que le Lapin Blanc détalait dans la prairie ; La Souris affolée pataugeait dans la mare voisine ; elle entendit même le tintement des tasses du Lièvre de Mars et de ses amis réunis autour d'un thé qui ne

Drink me
Drink me
Drink me

finissait jamais, et la voix stridente de la Reine ordonnant l'exécution de ses malheureux sujets ; une fois encore le bébé cochon se mit à éternuer sur les genoux de la Duchesse, tandis qu'assiettes et plats volaient autour d'eux ; une fois encore la voix criarde du Griffon retentit, la craie grinça sur l'ardoise du Lézard, tandis que le Cochon d'Inde muselé poussait des cris étouffés auxquels se mêlaient les lointains sanglots de l'inconsolable Fausse Tortue.
Si bien qu'elle resta assise, yeux fermés, et se serait presque crue au Pays des Merveilles si elle n'avait su qu'il lui suffisait d'ouvrir les paupières pour être ramenée à la morne réalité – où l'herbe frémissait sous les assauts du vent, et la mare ondoyait sous le balancement des roseaux – où les grelots des troupeaux remplaçaient le tintinnabule des tasses, et les cris du berger ceux de la Reine en colère ; les éternuements du bébé, le croassement du Griffon et tous les autres bruits étranges allaient faire place (elle le savait) au brouhaha confus de la basse-cour – tandis qu'au loin, les mugissements des vaches se substitueraient aux sanglots déchirants de la Fausse Tortue.

Enfin, elle songea que sa petite sœur allait grandir et devenir plus tard une femme qui garderait toujours son cœur simple et aimant d'enfant. Elle la vit entourée de petits-enfants dont les yeux se mettraient à briller lorsqu'elle leur raconterait des récits fabuleux, et peut-être même le rêve du Pays des Merveilles qu'elle avait fait il y avait fort longtemps. Elle partagerait tous leurs petits chagrins et leurs petits bonheurs et se remémorerait ainsi sa propre enfance et les jours heureux de l'été.

# Fin

affectueusement
Alice

# SOMMAIRE

## Remerciements

Ce livre est pour mon fils et ma fille, Seï et Yumeko. Et pour ma muse, Alice.

*François Amoretti*
*http://francoisamoretti.blogspot.com*

À mes chers trois Denise, Paloma et Misterka.

*Martine Céleste Desoille*

*Collection dirigée par Alwett*
**http://blackberry-strawberry.blogspot.com/**



**Soleil Productions**
15, Boulevard de Strasbourg - 83000 Toulon - France

**Bureaux parisiens**
25, rue Titon - 75011 Paris - France
Conception et réalisation graphique : Studio Soleil

Dépôt légal : Mars 2010 - ISBN : 978-2-30201-139-7



Impression : Ercom - Italie

Blackberry

10/6
in this Style